Long Island Baby

DU MÊME AUTEUR

Brooklyn : sketches, *Maelström / City Lights, 2005*
Jubilate ! Poèmes pour soprano, *Éditions de la Différence, 2010*
Prise d'élan, *Obsidiane, 2011*
Le Rire des belettes, *Naïve, 2012*
San Michele, *Seuil, 2014, Prix Méditerranée 2015*
Gloria Mundi. Entretiens avec Barthélémy Toguo, *Buchet-Chastel, 2016*
Barroco bordello, *Seuil, 2020*

Thierry Clermont

Long Island Baby

Stock

Photographie de bande : Alan Schein/Getty

ISBN : 978-2-234-09246-4

« Je prenais à tort Long Island pour un immense banc de sable sans traits marquants, sans histoire, d'où il convenait de fuir, et auquel rien de particulier ne me retenait.

Thomas Pynchon.

« The island is memorable to us. »

Tennessee Williams.

« Dulce Long Island, ondulada y suave. »

Juan Ramón Jiménez.

« Go Coney Island, roll on the sand. »

Woody Guthrie.

« The wide East Hampton sky –
a place, you said, where one
can almost forgive oneself. »

Philip Schultz.

« In my beginning was the memory. »

Hart Crane.

À la mémoire de Delmore Schwartz.

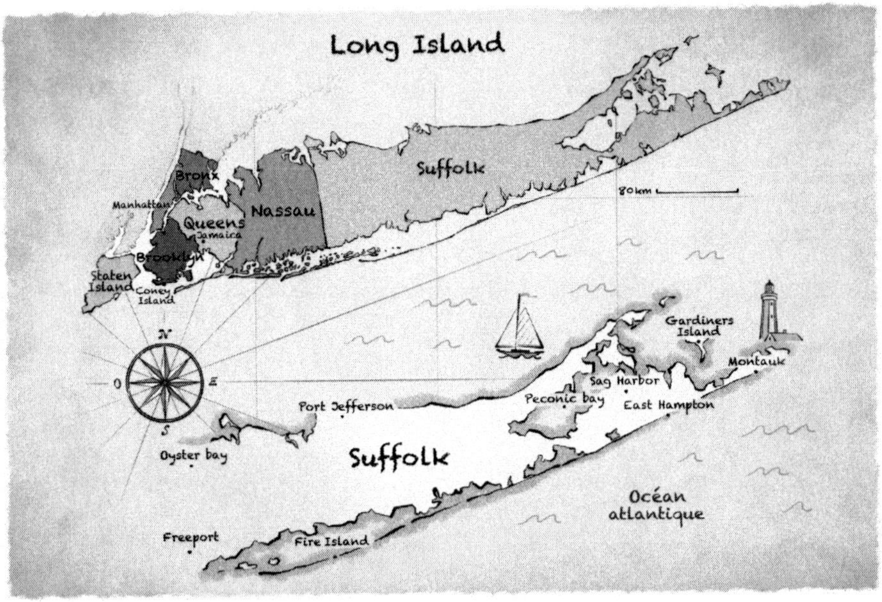

Long Island
Bronx
Manhattan
Queens
Jamaica
Nassau
Suffolk
80km
Brooklyn
Staten Island
Coney Island
N
O
E
S
Gardiners Island
Montauk
Sag Harbor
Peconic bay
East Hampton
Port Jefferson
Oyster bay
Suffolk
Océan atlantique
Freeport
Fire Island

OYSTER BAY

Un bleu ardent, de petits nuages fuselés qui s'effrangent au-dessus de la mer, une clarté généreuse, comme celle de la rosace d'un vitrail au soleil, le silence troublé par les cris d'oiseaux piaillards. Les yeux fermés, face à la baie tranquille, les bras le long du corps, immobile, inspirant à pleins poumons.

Ce vaste ciel, je l'ai déjà vu, il y a longtemps ; c'était ailleurs, dans une autre saison. Le reflux de la mémoire s'emmêle ; elle reviendra, avec ses égarements, ses consolations. L'estompe des souvenirs éloignés et la lenteur de l'oubli.

Je pensais au trajet depuis le Queens et Jamaica Station jusqu'à la gare d'Oyster Bay, son terminus, une heure plus tard, en direction de l'est, vers les lieux de villégiature des milliardaires de Manhattan. Long Island Rail Road (LIRR) et ses centaines de kilomètres de voies ferrées. Les noms des bourgades : Mineola, Roslyn, Greenvale, Glen

Head, Sea Cliff, Glen Cove, Locust Valley. Noms de pays, chantants. Sur la gauche, quelques kilomètres avant d'arriver à destination : le Beaver Lake, un parcours de golf au vert artificiel, à peine vallonné, le Mill Neck Park un peu plus loin. Un wagon peu fréquenté en ce début d'après-midi. Le paysage morne défilait à travers la fenêtre : lopins de terre parsemés de boqueteaux, lotissements parfaitement alignés, ensembles d'immeubles encrassés, parcs à ferrailles, entrepôts bâtis en briques, casses automobiles, baraquements coiffés de tôle, silos de guingois, enseignes et affiches publicitaires périmées, hautes cheminées d'usine qui ne fumaient plus depuis longtemps, gares à l'abandon, îlots de granit noirâtres, maisons bâties en mâchefer. Au loin, des champs à l'herbe rase, puis, au fur et à mesure des kilomètres, l'apparition de terres plus souriantes, de maisons coquettes, bâtiments flambant neufs, parcs publics, parcelles potagères, carrés de jardins bordés de buis, de haies tondues, de brise-vue ou de palissades en bois.

Le printemps tirait sur sa fin, prenant tout son temps, l'été perdait patience. J'ai toujours aimé les demi-saisons, préféré les équinoxes aux solstices.

Jamaica Station, le gros nœud ferroviaire, depuis la Penn Station de Manhattan ou Long Island City, reliant les aérogares de JFK (l'ex-Idlewild Airport) par la navette automatique de l'AirTrain. C'est de là que partent une dizaine de branches ou de lignes, en direction de l'est principalement, avec pour terminus Oyster Bay, Port Jefferson et Greenport sur la côte nord, Far Rockaway et Long Beach sur le flanc sud, Babylon à l'orée du comté du Suffolk, anciennement Sumpwams, et donc nouvelle Babel-sur-Mer, à la verticale de la pointe occidentale de Fire Island.

C'est là que fut créé dans les années 1970, au bar de l'OakBeach Inn, le cocktail Long Island Iced Tea, qui n'a de thé que le nom puisqu'il est composé à doses égales de vodka, de gin, de rhum blanc, de Cointreau, de tequila, et d'une rasade de cola. Et puis, tout à tribord de l'île, dans l'*East End*, Montauk, distante de cent soixante kilomètres de Jamaica à vol d'oiseau, soit un trajet en train de près de trois heures, avec une quinzaine de haltes, notamment à Bay Shore, Oakdale, Speonk, Hampton Bays, East Hampton, foyer de la bohème artistique depuis les années 1960, et Amagansett, avec Sag Harbor, l'un des ports baleiniers américains les plus actifs au XIXᵉ siècle, après l'île de Nantucket, à cent cinquante kilomètres à l'est de Montauk, peuplée alors exclusivement de quakers.

Et l'on quitte l'Ouest, le *borough* du Queens et New York City, pour les comtés de Nassau et du Suffolk, lesquels occupent les trois quarts de la superficie de Long Island.

En débarquant à Oyster Bay, un seul quai pour deux voies étroites, j'ai pris le temps de photographier la motrice bleu outremer et jaune de jonquille, avec sur le nez la devise de la LIRR, surmontée de deux drapeaux américains : « We Serve With Pride ». Ensuite, j'ai bifurqué à gauche et franchi les rails, non protégés par un passage à niveau, pour rejoindre la plage.

Cela faisait plus d'une heure que j'attendais Charlie. Il m'avait donné rendez-vous au jardin public dédié à la mémoire du président Theodore Roosevelt, entre la plage échancrée au sable gris et la voie ferrée. J'essayais d'imaginer nos premiers échanges, l'impression qu'il me ferait, après ces années d'absence. Les pensées s'embrouillaient dans un cocon agréable. L'impression d'être à côté de mes sensations, d'en être même exclu. Sans doute l'effet indésirable du décalage horaire et des huit heures de vol que je n'avais pas encore digérées depuis deux jours. Et d'où venait cette odeur de friture ou de poisson grillé qui gâchait la saine humidité du lieu ?

J'ai marché le long du rivage bordé d'algues visqueuses, fait une pause en trempant mes pieds dans l'eau froide à peine écumeuse, sous un soleil gai. Plusieurs mots trottaient dans ma tête, sans en retrouver la traduction : *shack*, *dullard*, *schitzy*... Charlie saura me rafraîchir la mémoire. Et quel sens donner à *trump card* ? Il y a aussi cet étrange *vapidity* découvert dans un poème : *Old vapidities*, écrit par je ne sais plus qui. Où était-ce dans un film ? Vieilles fadaises ?

Patiemment, j'avais tout épuisé du décor où l'on savoure une certaine quiétude : les coteaux ronds et boisés s'élevant à l'ouest de la baie, la réplique d'un galion qui avait jeté l'ancre, le ponton et les pieux de bois colonisés par des goélands, la presqu'île de Centre Island à cinq cents mètres de la grève, la caserne de briques des marins-pompiers de l'Atlantic Steamer Fire Company, le bassin de plaisance aux bateaux d'un blanc étincelant, où s'élève une grue de mâtage, jusqu'aux bouées de mouillage et au drapeau américain pavoisant dans l'azur. Étraves, mâts, filins, câbles, boudins et flotteurs, chandeliers, daviers, mains courantes, nables en fibre de verre...

C'est la sobre beauté des rivages de celle qu'on appelle la Gold Coast. Tout y était endormi, rythmé par les cliquetis inharmoniques des drisses de quelques voiliers amarrés. Que le vent soit doux, que l'onde soit tranquille, et que chaque élément réponde à nos désirs. Comme un air d'opéra.

Je ruminais mes pensées. Me demandant pour quelles raisons Charlie m'avait proposé d'être son témoin de mariage. Et pourquoi j'avais finalement accepté.

Peu d'âmes qui vivent : un chien tenu en laisse par une silhouette courbée, une joggeuse à bout de souffle, un promeneur solitaire, les mains dans les poches, un couple de vieillards desséchés sur un banc, imperturbables, le regard fixé sur la ligne de l'horizon, nu, parfait. Un grand voilier, précédé d'un dériveur, qui prend le large, cap au nord. Au pied de ce qui fut probablement une baraque de pêcheur s'élevait un tas de bois brisé, rongé par le salpêtre, semblable à des ossements, bouts de tibias ou restes de fibulas mêlés à des tessons de verre.

Je suis remonté pour parcourir la bourgade cossue, les rues peu fréquentées, bordées de maisons de bois à pignon, avec leurs pelouses proprettes, ou de demeures victoriennes, jusqu'au niveau du lycée aux façades ocre brun où Thomas Pynchon avait étudié, après avoir dépassé l'imposante First Presbyterian Church juchée sur son tertre vert engazonné. Un gros vigile à casquette m'avait interpellé et menacé parce que je prenais des photos en foulant la pelouse interdite.

C'était un décor d'où s'échappait un parfum de Nouvelle-Angleterre, accordé à la tranquillité du lieu.

Charlie aurait déjà dû être arrivé, probablement en compagnie d'Anastasia. Les noces avaient été avancées à la semaine prochaine. Avaient-ils été bloqués sur la route ? Etaient-ils partis de Little Odessa plus tard que prévu ?

En vain, j'ai cherché des galets pour faire des ricochets, regarder les grands cercles qui vont s'étendre. Le choix des pierres, la sûreté et la force élégante du geste : Charlie me battait à chaque lancer, enchaînant jusqu'à neuf ou dix rebonds sur l'eau du lac suisse au bord duquel nous avions passé deux étés, il y a longtemps. Quel âge avions-nous alors ?

Je me souviens mal de mon enfance, de ce temps révolu qui sera déformé ou recomposé par les ans, cette saison où l'on croit dur comme fer à l'ordre du monde, aux horizons sans cesse repoussés. Maintenant, je le sais : elle est comme perdue.

Curieux monument que cet hommage à Roosevelt, dressé entre les chênes élancés, plantés en 1919, après sa mort, survenue dans sa propriété de Sagamore Hill, en surplomb d'Oyster Bay. Vingt-quatre pierres encastrées dans des murets se faisant face, représentant les 24 « chapitres » de sa vie, qui toutes témoignent des lieux qu'il a fréquentés. « Roosevelt's Life Written in Rocks » indique la plaque apposée sur une stèle : un morceau de granit venant de Moosehead Lake ; une brique extraite de son immeuble de Manhattan à l'époque où il dirigeait la police de New York, alors surnommée The Island of vice, avec ses 30 000 prostituées ; un bloc de roche pioché dans la colline de San Juan qu'il avait conquise avec ses Rough Riders lors de la guerre hispano-américaine à Cuba ; un bout de roche provenant de Montauk, à la pointe la plus reculée de Long Island, où avait été érigé le premier phare de l'État de New York, dont il fut le gouverneur élu, dans les dernières années du XIXe siècle…

Deux ou trois écureuils gris ont filé devant moi avant de s'immobiliser sur un tronc d'arbre.

Le jour avançait, la nudité du ciel s'est légèrement assombrie, le vent ayant chassé les derniers flocons de nuages. Un cerf-volant est monté lentement dans la nuée, a semblé hésiter, avant de lâcher prise et de disparaître au-dessus des arbres luisants de Mill Neck. Quelque part, un enfant pleurait.

Au nom du ciel.

Je replongeais dans mes pensées. À Jamaica Station, ça me revient maintenant, sur le quai opposé s'affichait la destination du prochain convoi : Patchogue, comme le surnom que s'était donné le dadaïste Jacques Rigaut, après avoir traversé le miroir et perdu la raison : Lord Patchogue. C'était en 1924, sur un îlot face à Oyster Bay. Près d'un siècle plus tard, je suis là, au pied de la mer tremblante.

– Hé ! Vieux frère ! Tu n'en as pas marre de poireauter comme un idiot, au milieu des vieilles pierres ?

Charlie m'a donné une grande claque sur l'épaule avant de m'embrasser. Il empestait la sueur et le tabac, sa chemise en jean était tachée. Ses boots – en lézard ? Croco ? Python ? –, usés et déformés.

– Ne fais pas cette tête ! Ça fait quatre ou cinq ans qu'on ne s'est pas vus. Cinq ans, tu imagines un peu !

– Six ans, exactement… En 2013. C'était aux obsèques de Papa… Tout était raté, sinistre, lamentable, ce jour-là.

– Oui, je m'en souviens très bien. Pire qu'une mauvaise pièce de théâtre… Oublions ça !

– Non justement, on en reparlera. J'y tiens.

– Si tu veux.

– Et pourquoi tu m'as donné rendez-vous ici ? Qu'est-ce que tu as dans le crâne ? On ne pouvait pas se retrouver à Brighton Beach, chez toi ? Ça aurait été plus pratique. J'ai l'impression ici d'être paumé dans le fin fond du Maine. Tu es toujours aussi tordu…

– Toi et ton souci du pratique… Ici, c'est vraiment la mer, loin des foules, l'océan dans toute sa majesté, pas comme à Coney Island. Je pensais que ça te plairait. L'automne dernier, j'y ai passé quelques jours avec Anastasia. Le rêve ! Nous sommes dans le comté de Nassau. Nuance. C'est l'envers de New York City, c'est même l'anti-Manhattan. Ici, pas d'extravagance éphémère, de démesure, de foule pressée ou de représentants de l'avant-garde, d'incessante frénésie des hommes, des machines et des modes. Les paysages naturels ont peu changé, même la mémoire des lieux est restée intacte, et rien ne vient gratter le ciel ou prétendre le concurrencer. Et plus on va vers l'est de

Long Island, plus c'est vrai. Et on est en terre conservatrice, celle des premiers pionniers, venus de Hollande. Ici, on vote Trump, comme on a voté George Bush puis McCain, pas comme à Manhattan. Tu verras de tes propres yeux. Tu dois apprendre à aimer cette partie du pays. Et ici, c'est l'idéal : tu auras plein de choses à découvrir, toi l'ami des poètes et des musiciens, l'amoureux des rivages. Ici, on sera au calme pour parler.

– Et Anastasia ? Elle nous attend dans la voiture ?

– Non. Elle n'avait pas envie de faire de la route. Et puis une de ses cousines vient d'arriver d'Estonie pour les festivités, sa future témoin de mariage. Mais on s'en fiche : je suis heureux de te revoir, tu ne peux pas t'imaginer, et en pleine forme, apparemment.

Le vent s'était levé. Ça venait par bourrasques, des claques d'air pleines d'odeurs écœurantes et de sable humide. La journée avait été éreintante, depuis le départ tôt ce matin de l'appartement de Brooklyn Heights mis à ma disposition par un ami qui vivait entre Paris et New York.

Pendant une trentaine de minutes, on a marché le long de la plage au rythme du clapotis des vagues, jusqu'à la caravelle, qui me faisait l'effet d'une maquette de bois grandeur nature. Une colonie d'hirondelles de mer s'était installée à deux pas, disciplinées comme des sentinelles. Intarissable,

Charlie m'abreuvait de paroles, entre deux tapes sur l'épaule, des claquements de doigts. Ses projets, sa carrière de piètre musicien, ses rêves ambitieux et ses désillusions, sa déconvenue professionnelle à Tallinn, son arrivée à New York. Il n'avait pas changé, ou si peu, roi du coq-à-l'âne et des facéties verbales : tout un théâtre à lui seul, et sans prologues ni dénouements. Pour l'essentiel, du concentré de tirades, didascalies comprises.

On a pris un verre dans East Street, à côté d'une maison de bois peinte en vert pistache, avec des fleurs colorées aux fenêtres, comme dans les westerns de notre enfance. Puis deux verres. Le gérant du bar, soi-disant le plus ancien de la ville, qui regorgeait de monde, ne nous a pas quittés de son mauvais œil. La chaleur sèche était crasse, pesante. Charlie, sans mot dire, m'a montré quelques photos, toutes signées au dos : Anastasia dévorant un hot-dog chez Nathan's – « The Flavour of New York City Since 1916 » – ; Anastasia posant à moitié nue au bord de la Baltique ; la devanture d'un restaurant où Charlie lève les bras au ciel ; un gros plan sur leur chat baptisé Kochka ; un autre, décadré, sur le chien Sobaka ; une guitare électrique à la caisse triangulaire ; une chambre tapissée de posters, où j'ai reconnu le jeune Lou Reed et Woody Guthrie ; Anastasia et Charlie enlacés au pied d'un cocotier… Clichés qu'il m'a repassés une nouvelle fois, toujours les mêmes, en prenant son temps, guettant ma réaction. Puis il a brandi ce que j'ai pris pour un atout, une carte maîtresse : un instantané de nous deux, lui encore à l'adolescence, face à face, grimaçant sous de gros flocons de neige. Il l'agitait en poussant des cris. Quel message voulait-il faire passer ? Les photos ne m'ont pas particulièrement ému : les démonstrations du bonheur d'autrui m'ont toujours gêné ou mis mal à l'aise, même venant de Charlie.

Je revois la tête rasée et patibulaire du barman, un trentenaire viandeux à la voix de fausset, tout en bourrelets, au nez en as de trèfle.

Charlie vivait dans la dispersion et le badinage ; volontairement, j'avais choisi le silence amer, obstiné. Et l'instinct. Brut.

– C'est un jeu, ton petit jeu habituel ? Tu annonces le programme ? Tu veux rebattre les cartes, c'est ça ? N'oublie pas que l'aîné, c'est moi. D'où as-tu sorti cette photo, pour me la coller sous le nez, ici et maintenant ?

– Ne prends pas la mouche. Viens, on va marcher un peu avant d'aller dîner. Je connais un restaurant un peu spécial qui devrait te plaire. J'invite ! À moins que tu ne préfères qu'on fasse un tour à Sagamore Hill ?

En sortant du bar, j'ai remarqué un juke-box hors d'âge, débranché, calé dans un recoin, à un demi-pas des toilettes. Quelle est la dernière chanson qu'il a passée et repassée ? Et en quelle année ? J'imagine qu'un flipper devait trôner quelque part, pas loin du comptoir, probablement jusque dans les années 1980. « It's more fun to compete », annonçait le slogan. J'y associais le goût du lait-fraise et les premiers rots de bière. Quand on se retrouvait, le temps des vacances d'été, sur une île de Bretagne ou sur le littoral normand, c'était notre premier objectif, notre premier jeu : trouver avant l'autre un troquet avec juke-box ou flipper, ou mieux : un baby-foot. Le vainqueur avait droit à un crédit de 10 francs. Neuf fois sur dix, Charlie raflait la mise, encouragé par notre père qui attisait la concurrence entre nous. On s'en était donné à cœur joie pendant quelques années, et puis tout cela a disparu. Le Pac-Man et les jeux d'arcades ne nous intéressaient pas. Charlie et moi avions trop le goût de la triche et de la filouterie. Un jour, à l'heure de l'apéro, alors que j'avais quelques milliers de points d'avance au compteur, Charlie avait « tilté », comme on disait, en soulevant le cul du flipper avant de le pousser violemment contre le mur. C'était sa période mauvais frère, mauvais perdant. Le *Padre* nous avait puni tous les deux en nous privant de sortie en bateau pendant trois jours. J'étais sorti de l'adolescence, péniblement ; Charlie y entrait tête baissée, avec toute sa rage. C'était à Bréhat ou à Groix, je ne sais plus. *The game is over.*

Le bâtiment est étrange, avec un faux air de manoir gothique ripoliné, dressé à l'angle de Main et de South Street, avec sa petite tour en encorbellement coiffée d'un toit pointu. Il me semble avoir déjà vu ce genre d'architecture dans le quartier de Bushwick, en plus spectaculaire. L'enseigne lumineuse indiquait Wild Honey. Quelques tables et des chaises de bois en terrasse. Un pasteur assoupi, entre son missel et un verre de lait froid. Un chat rouquin à ses pieds, s'acharnant sur une tête de poisson mort, à deux pas de la chaussée.

La clarté du jour avait faibli, dans un ciel à la pâleur bleutée. Avec le profil irrégulier des maisons, la flèche d'un clocher pointu, les feux de signalisation suspendus, et les poteaux télégraphiques taillés dans le bois, ça aurait fait une belle carte postale.

Nous étions seuls dans la grande salle aux murs de brique. Un lieu cosy, malgré le volume élevé de la musique, fleuri avec discrétion. Quelques photos en noir et blanc accrochées au-dessus du bar en faux acajou : bateaux de pêche, schooners et steamers d'avant-guerre, l'ancienne gare d'Oyster Bay, bâtie en 1902, transformée il y a une quinzaine d'années en musée du Chemin de fer, un portrait signé et une caricature de Theodore Roosevelt. Quelques mots échangés avec le jeune barman, un gourdiflot originaire du Salvador.

J'ai pris un Havana ceviche et des clams de Little Neck. Affamé, Charlie a commandé deux plats de poisson-chat grillé façon cajun (*Blackened Cajun Catfish*), et un ramequin de mayonnaise, arrosés d'un chardonnay local, le Wölffer, produit à Long Island, du côté de Sagaponack, le fief de John Irving, où depuis quelques petites années, on distille également de la vodka locale à partir de patates, la Sagaponacka.

On a eu du mal à renouer le fil du dialogue. La fatigue ? La déception ? Ou tout simplement la méfiance instinctive ? J'ai toujours pensé que nous étions liés, que nous étions frères, plus par la contrainte que par le sang. Deux frères désamarrés.

Charlie commentait à l'emporte-pièce les chansons diffusées. Il avait toujours ce tic nerveux de pincer le lobe de son oreille entre le pouce et l'index.

– Parle-moi d'Anastasia. Quel âge a-t-elle ?

– Vingt-huit ans, depuis deux mois.

– Ça vous fait donc 13 ans de différence... Comment vous êtes-vous connus ?

– En Estonie, il y a un peu plus d'un an. À l'époque, j'avais ouvert un restaurant français, dans le quartier médiéval, près des remparts. On a eu un beau succès pendant les trois ou quatre premiers mois, notamment grâce à la clientèle finlandaise. J'avais la baraka, c'était une période « célestiale ». Et puis l'affaire a périclité, sans raison. Je me suis retrouvé criblé de dettes. J'ai voulu me relancer en ouvrant une crêperie bretonne, mais il a bien fallu jeter l'éponge. Ne ris pas, j'avais pensé l'appeler *La* Breizharade. Anastasia venait régulièrement, d'abord avec des amies, puis seule. Et de fil en aiguille… Tu connais la chanson. On s'est plu, etc.

– Tu as appris l'estonien ?

– À peine quelques mots ou expressions. Anastasia fait partie de la communauté russophone de Tallinn, et elle parle également très bien l'anglais, comme tous les jeunes Baltes.

– Et qu'est-ce qu'elle fait, dans la vie ?

– Disons que jusqu'à récemment, elle a fait des choses que jamais je n'aurais osé faire, pas même penser… Une vraie « exaspéreuse ».

– Là-bas ou à New York ?

– En Estonie. New York, c'est sa base arrière. Une partie de sa famille s'est installée il y a quelques années à Brooklyn et dans le Queens, dans ce quartier surnommé le Queenistan, vers Forest Hills, majoritairement peuplé de juifs d'Asie centrale, de Russes ou d'Ukrainiens, les Bukharians… Et puis New York, c'est aussi mon deuxième foyer, j'y ai vécu plus de quinze ans. Revenir ici, c'est une façon de renouer avec mon passé et d'en chasser les démons. *In New York, you can be a new man*… J'envisage de me remettre sérieusement à la photo.

– Et ta mère ?

– Elle vit toujours à Staten Island, le 5e borough, le mal aimé, celui que les touristes et les estivants délaissent. Soixante-dix ans et en pleine forme. Elle s'occupe de chiens abandonnés ou maltraités, de chats errants... À ton tour maintenant. Qu'as-tu fait, depuis tout ce temps ? Notre dernière rencontre remonte à cinq ans, et on ne peut pas dire que tu m'aies donné beaucoup de nouvelles.

J'ai hésité, balbutié. Nous étions si différents l'un de l'autre, d'esprit, de caractère, voire indifférents. L'un voyait la vie comme une bénédiction, l'autre n'y comprenait rien ou faisait semblant. Je péchais par excès de sensibilité, il était calculateur et présomptueux, et avait en horreur la délicatesse.

Charlie m'a coupé net, après trois mots. Ça a évité de me justifier. Une rengaine de Billy Joel, surnommé Piano Man, l'avait mis en émoi. Il a demandé au serveur, celui aux dents en or et aux cheveux d'un noir poisseux, de monter le son, qui lui a répondu : « Vous êtes un connaisseur. Il a bien mérité sa place au Long Island Music Hall of Fame, comme Lou Reed, Paul Simon, ou Elliott Murphy – celui-là, il est né à Rockville – et les Ramones, les petits branleurs du Queens, ceux-là... Avec tous les millions de dollars qu'il a gagnés, Billy s'est offert une immense propriété sur Centre Island, un peu plus loin, en direction du nord. Ne cherchez pas à y aller, là-bas tout est privé et surveillé par la police, c'est réservé aux riches résidents. »

– Tu sais, ce chanteur, c'est un mec du coin. Il a grandi à Glen Cove ou à Hicksville, je ne sais plus. À l'adolescence, j'aurais tout donné, même un bras, pour avoir composé un truc pareil. *The*

Downeaster « Alexa ». Une vraie chanson de marin. Écoute-moi ce violon.

– Tu étais encore à la maternelle quand j'ai découvert les Ramones. Au lycée, on pensait qu'ils venaient d'un gang du Bronx... Et tu as abandonné depuis tes rêves de rock star, avec cuir, tatouages et paillettes ? Je me souviens que tu peinais sur ta guitare basse, réduite à deux malheureuses cordes que tu avais un mal de chien à accorder...

– Ça va, ça va, pas la peine de revenir sur ce passé-là, de remuer la tourbe.

– Comment s'appelait déjà ton groupe de punks ?

– Sick Dick and the Volkswagens. En direct live de la Bowery.

– Alors, tu as bien fait d'avoir abandonné la musique...

– *The music must always play.*

A suivi une tendre ballade sentimentale pleine de mélancolie amère, traînante, évoquant une femme aimée, puis quittée.

– Celle-là, je ne la connais pas.

– Normal, t'étais pas né.

C'était l'Allman Brothers Band, du rock sudiste des années 1970. Un de mes premiers disques de chevet. *Melissa*, Gregg Allman l'avait chantée aux obsèques de son frère Duane, le brillant guitariste mort dans un accident de moto la veille de son 25e anniversaire.

> « Knowing many, loving none,
> Bearing sorrow, having fun
> But back home, he'll always run
> To sweet Melissa. »

Puis j'ai repris mes balbutiements, mes hésitations, comme si je me sentais piégé par le passé, sa part douloureuse et sa pénombre. Toutes ces années écoulées depuis ce double album usé jusqu'au dernier sillon. J'avais du mal à regarder Charlie droit dans les yeux. Avais-je tort de ne voir en lui qu'un copain d'hier un peu oublié et non pas un demi-frère ? Pour autant, quelque chose me poussait à revenir vers lui, peut-être pour retrouver l'affection que je lui avais portée. J'ai repris mon souffle. J'étais ému par les regrets.

– Tout a changé pour moi voilà quatre ou cinq ans… J'ai alors viré de bord, cap pour cap, comme disaient les marins d'antan.

– Après l'alcool, j'imagine ? Il était temps d'y renoncer, tu ne crois pas ? Souviens-toi, tu tenais à peine debout à l'enterrement de Papa. Tu te croyais à un pot de départ ou quoi ?

– Arrête.

– Tu étais comme dans un état fictif. Ça se dit, ça ?

– C'était l'émotion, la douleur, le chagrin filial.

– L'émotion éthylique, ouais !

– Pas envie d'en parler maintenant. D'ailleurs, je n'ai jamais su trouver les mots pour... Même avec toi.

– Nous sommes frères, il y a des choses qu'on peut se dire, ça restera juste entre toi et moi.

– Demi-frères...

– C'est du pareil au même. Les demi-destins, ça n'existe pas.

– Je me suis remis au travail et à l'aquarelle, en Normandie, où j'avais acheté une ancienne ferme mal retapée, à mon retour de Cuba. La photographie m'intéresse de plus en plus. J'aurai d'ailleurs besoin de tes conseils. L'idée m'est venue tout à l'heure sur la plage, de faire un livre sur Brooklyn : textes accompagnés de clichés, photos légendées ou commentées... J'y réfléchis.

– Brooklyn, c'est plutôt vaste... Et New York est trop grand pour nous. Explore plutôt l'autre bout de Long Island, pour la beauté des paysages : Sag Harbor, les Hamptons, Sagaponack, Amagansett. Mais je te préviens, c'est plein de WASP friqués, coincés, et particulièrement désagréables.

– Désormais, j'ai l'esprit clair, désencombré, détaché du rhum diabolique et des furies de l'ébriété. J'en suis persuadé, puisque je l'ai découvert : il existe une ivresse intérieure de la vertu, qui mène à une sorte de lucidité trouble, confuse. Et elle est vertigineuse, comme peut l'être l'asservissement.

– C'était uniquement du rhum ?

– Exclusivement, au saut du lit. Quatre ou cinq rasades, pour la mise à niveau. Sans respirer. Pour dire merde au réel... On arrête là.

Charlie, ce que j'ignorais alors, avait mal vécu ma dérive alcoolique, par procuration. C'est Papa qui me l'a appris plus tard. Pendant ces années, j'avais coupé les ponts avec la famille. Pour la simple et bonne raison que je désirais me détruire en solitaire, sans compte à rendre. Comment avouer cela ? Il m'a fallu trois semaines d'hospitalisation pour me ressaisir, après avoir vu la mort rôder et ricaner. Trois semaines de mise à l'écart, sans visite autorisée, sans téléphone. Mon ultime écroulement avait duré près d'un mois, 28 jours sans dessoûler, un vrai *zapoï*, comme disent les Russes, en pleine détresse. L'alcool dès le matin avec cette douce et terrible sensation de chaleur qui en quelques secondes frappe l'estomac, met la tête en feu, avec les premiers courts-circuits dans la cervelle, comme un orgasme prolongé, un cri de plaisir. Ou rarement, cette pure clarté se diffusant dans tout le corps, et qui dure le temps d'un souffle. Avant l'apathie, le marasme des sens, la narcose et l'impossible rédemption. Tout cela, je n'osais en parler à Charlie.

– Tu désirais la mort ? Tu l'appelais à toi ?

– Non, j'étais plutôt dans la perte de soi. C'est différent. J'avais décidé de me quitter. C'était le besoin de m'anéantir et non pas le désir de disparaître du la surface de la Terre. Je ne sais pas si tu saisis la nuance. Le besoin de rompre les limites dans lesquelles j'étais enfermé, alors que mon âme était comme paralysée.

Sans prononcer une parole, il s'est levé, a pris ma tête dans ses mains et déposé un baiser sur mon front.

Après avoir débarrassé la table, le serveur s'est de nouveau approché pour reprendre la conversation, encouragé par Charlie. Étudiant en littérature comparée à l'université de Stony Brook, Jayden nous a appris que Theodore Roosevelt, dont Franklin était un cousin éloigné, avait aménagé son quartier d'été ici même, au premier étage, en annexe de la Maison-Blanche, pendant ses deux mandats successifs, au début du xxe siècle.

Durant un bon quart d'heure, Jayden nous a fait revivre ce personnage du temps où il était le chef scrupuleux de la police de l'État de New York, avant d'entamer un morceau de choix : la bataille épique de San Juan, à l'est de Cuba. « Le 1er juillet 1898, deux mois après le déclenchement de la guerre hispano-américaine, le colonel Roosevelt prend la tête du régiment de cavalerie des Rough Riders, de braves gars tous volontaires, venus de l'Arizona et du Nouveau-Mexique, avec le renfort de quelques Texas rangers. Sous la mitraille et la canonnade espagnoles, malgré les pertes et les contre-ordres, le terrain accidenté, ils parviennent à prendre d'assaut la Kettle Hill, dernier verrou qui protégeait Santiago et sa garnison. Quelques semaines plus tard, le royaume hispanique rendait les armes et abandonnait ses colonies de Cuba, de Porto Rico et des Philippines. Entre-temps, les Rough Riders survivants ont été rapatriés et soignés de la malaria à Montauk, à une petite centaine de miles d'ici… Je me suis toujours demandé quelle avait été la première réaction de Teddy Roosevelt quand il a pu récupérer une des mascottes du régiment, une jeune cougar qu'il avait appelée Joséphine… Et quatre mois plus tard, il était élu gouverneur de New York, avec ce slogan : "Parlez doucement en prenant un gros bâton, et alors vous irez loin." Prenez-en de la graine ! »

– Ça t'intéresse, toi, les faits de guerre de Roosevelt, son calibre. 38 Colt Navy modèle 1892 ? Et son *big stick* ?

– Pas vraiment. Et puis, le jeunot n'est pas très doué pour raconter. Ça manque de chair, d'enthousiasme. C'est de la fiction et de la fantaisie spontanée qu'il nous faut, même trompeuse. Non ? Et de l'outrance ! Il a oublié de dire qu'à Cuba, son « Teddy » avait une peur bleue des gros crabes de cocotiers, des affreux crabes terrestres.

– Ouais, et on s'en cogne que Dos Passos l'ait surnommé The Happy Warrior. Pour les tourteaux, comment tu sais ?

– C’est une histoire bien connue à Cuba. Et dis-moi, il y a un lien de famille entre Theodore et l’autre président, Franklin ?

– Ils étaient cousins éloignés, issus d’une lignée de colons hollandais qui avaient débarqué ici au XVIIe siècle, la famille van Rosenvelt.

Il était bien tard pour rentrer à Brooklyn Heights. Charlie m’a proposé de dormir chez lui, ou plutôt chez eux. Anastasia était prévenue. Un peu moins d’une heure de route nous attendait, en empruntant la Long Island Express Way puis la Belt Parkway, qui passe à proximité de l’aéroport John Kennedy. J’aurais préféré longer une partie de la côte qui ensuite s’incurve, pour découvrir à quoi ressemblaient Bayville, Sea Cliff et la baie de Manhasset.

La nuit allait tomber sur la ville, par fragments. Dans sa confusion, elle embaumait la mer et le vent, avec un parfum de feuilles brûlées et de chairs chaudes. J’ai allumé une cigarette en pensant à la caravelle arrimée en rade, aux premiers conquistadors, aux pêcheurs de morues et de pagres.

Me sont revenus les crépuscules de juin sur la lagune vénitienne, les demi-jours vers San Michele, et plus au nord, les îles de Torcello, Burano ou Mazzorbo. J’avais la tête toujours échauffée par le soleil ardent de cette fin d’après-midi d’été.

Apposée sur une des façades du restaurant, une plaque mal éclairée témoignait depuis plus d'un demi-siècle du souvenir laissé par le populaire président républicain, où l'on pouvait lire :

« Site of summer executive offices
of
THEODORE ROOSEVELT
President of the United States
1901-1909
Erected 1963
by the Oyster Bay Historical Society. »

Finalement, et presque à contrecœur, j'ai accepté l'invitation de Charlie.

– À quoi penses-tu ?

– À rien, Charlie. Ou plutôt si : à la Route 27, celle qui traverse Long Island, d'est en ouest, longée au sud par une ligne de chemin de fer… Celle qui passe par Amityville, Bay Shore, Patchogue, Hampton Bays, Oakdale, jusqu'à Montauk, le bout du bout d'un monde.

– On l'appelle aussi la Sunrise Highway. Ça ferait une belle balade de près de deux cents kilomètres. Mais ne rêve pas trop, ce n'est ni la mythique Route 66 ni la Highway 61 chantée par Bob Dylan.

Dans je ne sais plus quel coin reculé d'Espagne, il existe un mot rare, sans équivalent en français ou en anglais, pour désigner la dernière lueur du jour, juste avant ce moment qui hésite entre chien et loup : *oriscana*. Je le murmurais, détachant les quatre syllabes. O-RIS-CA-NA, comme un prénom désuet qu'on appellerait dans la pénombre.

Il collait parfaitement à l'atmosphère de cette soirée. À l'heure et au lieu.

CHEZ TATIANA

La nuit avait été courte, agitée par de mauvais rêves. J'avais écouté Charlie jusqu'à 1 heure du matin, et puis ce fut mon tour de parler. Nous avions enfin rétabli la promiscuité des sentiments, que je croyais oubliée. Anastasia avait interrompu la conversation alors que nous étions à moitié allongés sur le canapé en échangeant des blagues de jeunesse. Elle s'est contentée de me souhaiter une bonne nuit, puis elle a invité Charlie à la rejoindre dans la chambre. Anastasia : un visage pâle comme de la cire, à peine marbré, de petites lèvres prudentes, des cheveux blonds aux reflets roux ; la naissance de sa poitrine opulente dans l'échancrure d'un peignoir couleur d'océan. Elle ne ressemblait pas aux femmes qu'il avait fréquentées et que je lui connaissais. Il m'en avait présenté trois ou quatre, pour la plupart des zonardes, des paumées excentriques ou des excitées de la cuisse. Le genre de filles que je fuyais car elles me faisaient peur. Même cette grande bourgeoise de Barcelone à qui il avait soutiré de belles sommes d'argent et qu'il avait allégée de quelques objets de grande valeur. Alicia, qu'elle s'appelait. Après leur rupture, Charlie était allé jusqu'à lui suggérer de se rapprocher de moi. À l'époque, j'étais toujours soumis à un certain lyrisme sentimental. De bon gré. Et cela me convenait. J'avais dit non.

Anastasia avait du chien, à sa manière, évoluant entre une élégance discrète et une espèce de fougue rentrée, indéfinissable, qui me la rendait sympathique. J'ignore ce que Charlie lui avait dit de moi. Lui aurait-il dévoilé nos secrets d'adolescence et divulgué nos méfaits passés ?

Un peu avant 8 heures, la tête alourdie par cette ronde de nuit, j'ai quitté sans bruit l'appartement de la paisible Brighton 6 th Street bordée de rares tilleuls, après avoir avalé deux tasses de café serré. Charlie m'avait dit qu'un peu plus loin, en direction de la plage, se trouvait le bâtiment où avaient été tournées plusieurs scènes de *Requiem for a Dream*, d'après le roman noir de Hubert Selby ; à son avis, l'écrivain le plus rock and roll qui ait jamais existé. Un édifice en briques couleur de pain d'épice, avec son entrée repeinte en vieux rose, encadrée de deux colonnes torsadées, situé à deux pas d'une maison de retraite s'élevant sur une douzaine d'étages ; de mémoire, la Scheuer House.

La foule était déjà dense sur Brighton Beach Avenue et, dans une moindre mesure, le long de Coney Island Avenue, encombrée par les voitures et les camions, à deux pas du métro aérien. La plupart des boutiques avaient déjà portes ouvertes, avec leurs enseignes en cyrillique : étalages de primeurs, kebabs, petits salons de coiffure et de manucure, laveries automatiques, pressings, échoppes de fripes à deux balles, Kalinka Gifts, bijouterie Golden Flamingo, Organic Health Market, l'inévitable Dunkin' Donuts, bazars aux odeurs fortes et antres bariolées où l'on vend de tout et de rien, Tashkent Supermarket, 99 ¢ Plus, Zolotoy Klyuchik Gourmet Food (Золотой ключик), la librairie Knigi Tchernoe, qui a définitivement baissé son rideau métallique, contre lequel s'étalaient des détritus (trognons de chou, cartons défoncés, lambeaux de journaux russes, pelures de fruits, guenilles, canettes de soda cabossées, et même un vieux boa de plumes rose). C'est Little Odessa dans toute sa splendeur bordélique, slave et tumultueuse, qui va en s'étiolant à mesure que l'on approche, vers l'est de Sheepshead Bay.

Dans les alentours du parc arboré d'Oceana et du Millennium Theater, bâti dans les années 1930, et transformé en supermarché sous enseigne NetCost, les trottoirs sont encombrés de caisses entrouvertes, de cageots offrant leurs pastèques énormes, leurs choux gras, fenouils bulbeux, *spaghetti squashes, butternut squashes, honeydews,* clayettes débordant de tomates, d'épis de maïs, de pommes jaunes, rouges, vertes, de cartons de bouteilles de bière Baltika. Sur les étals et les éventaires, des pyramides d'oranges et de citrons, des poivrons en vrac, des *kumatos* et des papayes, d'autres denrées charnues.

On s'invective en russe, on s'apostrophe en ukrainien. Une jeune fille hurle dans son téléphone : « Suka ! ». Petite pause. Je crois saisir un ou deux mots en yiddish, un autre en espagnol. « Davaï, pachli ! », « Do skorovo », « Nos vemos », « Gurnisht ! »... Les oreilles me bourdonnent, l'air est saturé, j'ai chaud. Trop chaud. Direction l'océan, en remontant la 6e, à l'ombre étroite des bâtiments, à peine fraîche.

Fuyant les pogroms et les violentes discriminations, les juifs de Russie, d'Ukraine, de Pologne et de Lituanie ont commencé à émigrer aux États-Unis à partir des années 1880, principalement à New York, et plus particulièrement dans le sud de Manhattan, quartier du Lower East Side. À cette première grande vague estimée à deux millions de réfugiés, a succédé celle de la période de la Grande Guerre et de la révolution d'Octobre, Russes, Ukrainiens, Biélorusses se concentrant alors à Brooklyn, où le loyer des appartements était moins élevé, tout comme ceux qui les ont rejoints plus tard, y compris de nombreux Baltes, pendant la Seconde Guerre mondiale. Au cours des années

1970, l'URSS a rouvert ses frontières, entraînant le départ de centaines de milliers de juifs soviétiques, ceux qu'on appelait les Refuzniks, vers Israël principalement, et les États-Unis. Une partie d'entre eux s'est alors installée à Brighton Beach, à deux pas de l'Atlantique, qui les renvoyait aux rives de la mer Noire, de la Caspienne et de la Baltique, entre Coney Island à l'ouest, et Manhattan Beach, rapidement surnommée Little Odessa, y ouvrant des commerces, et y fondant des associations et des clubs. À la chute de l'empire soviétique, au début des années 1990, les nouveaux immigrants se sont une nouvelle fois déplacés plus à l'est, dans le Queens, privilégiant le quartier de Forest Hills qui compte plus de 8 000 russophones, soit 12 % de la population, également peuplé de réfugiés venant des pays baltes et des anciennes républiques d'Asie centrale (Azerbaïdjan, Tadjikistan, Ouzbékistan, principalement). C'est ce monde bigarré et extravagant que l'on retrouve dans les romans de Gary Shteyngart et de Boris Fishman, nés dans les années 1970, l'un à Leningrad, l'autre à Minsk.

Dans le même temps, la pègre moscovite, la Bratva, a envoyé quelques-uns de ses caïds, spécialisés dans le marché noir, à Brighton Beach, notamment Evsei Agron, épaulé par son conseiller financier puis son futur meurtrier, le juif ukrainien Marat Balagula, arrivé à New York en 1977, à l'âge de trente-quatre ans, spécialisé dans la contrebande de carburants et les cartes de crédit frauduleuses, propriétaire de quelques restaurants et night-clubs, théâtres de sanglants règlements de compte. Marat Balagula, qui avait tissé des liens avec le clan Lucchese rattaché à Cosa Nostra, est mort d'un cancer en 2019, après sa fuite en Afrique du Sud, et sa condamnation à la prison ferme. Entretemps, son ennemi juré, Vladimir Reznikov, avait été abattu, devant le restaurant Odessa contrôlé par Marat Balagula, au 1113, Brighton Beach Avenue. C'est aujourd'hui une boutique de bric-à-brac, le Super Discount 8.

C'est tôt le matin, avant l'arrivée de la foule, qu'il faudrait arpenter la longue promenade aux planches de bois, le Riegelmann Boardwalk, depuis Brighton Beach jusqu'au ponton sur pilotis de Pat Auletta, avec ses bancs, ses canopées et ses pêcheurs à la ligne friands de limandes et de bars rayés, après avoir dépassé le restaurant Volna (la « vague » en russe), le Parachute Jump, l'Aquarium de New York, la Wonder Wheel et autres attractions populaires. De mémoire, quatre ou cinq kilomètres de marche, la tête dans le vent salin, les yeux traînant sur les flots remuants.

Il y a une quinzaine d'années, j'étais là, sur ces mêmes planches en bois de Coney Island, par une lumineuse journée d'été. Aux côtés de mon fils âgé de deux ans et de celle qui était alors ma compagne, boursière de la fondation Rockefeller. Plus rien n'allait, tout battait de l'aile : il y avait du divorce dans l'air, et trop de rancunes amassées. On s'était mariés à La Havane sept ans auparavant, à l'église néo-gothique de Reina, après quelques mois de vie commune. À Cuba, j'avais trouvé ma Terre promise et goûté à l'insouciance. On s'y habitue, avec les excès de l'addiction. Là-bas, tout était facile. Tout était tentant. Et la vie me souriait comme jamais. J'écrivais, pour séparer le temps, la durée ; j'avais des projets, à deux pas de la mer, je perfectionnais mon espagnol en lisant les romanciers et les poètes cubains, en écoutant les classiques de la musique populaire : son, guarachas, boléros... L'amour avait pris forme, le bonheur était mon foyer, protégé par les tropiques. La plénitude. Et puis il a bien fallu rentrer à Paris. Et puis l'amour est devenu un châtiment, supportable jusqu'à notre installation provisoire à Brooklyn, en 2005. Quartier de Park Slope, dans la 4e Avenue, entre l'inévitable *deli*, un garage désaffecté et une blanchisserie tenue par une Asiatique acariâtre. Métro Atlantic Avenue, ou Bergen Street, lignes n° 2 et 3 de l'Eastern Parkway. L'enfant, noir par sa mère, blanc par son père, était bel et bien le fruit du Nouveau Monde, grandissant dans les langues espagnole, française et américaine ; la Cubaine lui chantait des havanaises, je lui lisais les histoires de Babar, des aventures de Tintin. Il jouait avec Thomas the

Tank Engine et Noody, notre Oui-Oui. Tout le reste m'était indifférent, jusqu'aux déboires de Charlie qui alors traversait une sale période, la scoumoune.

J'ai repoussé l'heure du retour dans l'appartement de Brooklyn Heights : je le redoutais, par pressentiment. Les verbes « atermoyer » et « m'accommoder » auraient pu résumer ma vie. Ce sont les mots que me martelait hier soir Charlie, rejetant son *mea culpa* sur ma personne, mon histoire. C'était clair, à bientôt quarante ans, il était sans véritable projet ni but précis, tout comme moi, malgré les intentions, les spéculations, et tout comme la troublante Anastasia, probablement.

Pour déchiffrer le rébus des souvenirs et souffler sur les cendres du passé, je me suis installé à la terrasse du Tatiana's Grill, qui jouxte une maison de repos pour Russes, Ukrainiens du troisième ou quatrième âge, et Biélorusses décatis, fatigués par la vie et le rythme du monde, et dont la baie vitrée de la salle collective donne sur la promenade : parties d'échecs, de dourak, sorte de pouilleux, de mistigri russe, ou de dominos, grilles de mots croisés, déambulateurs et fauteuils roulants à l'entrée, théières et petits pains sur un plateau en plastique, magazines feuilletés, travail de tricot, un téléviseur muet dans un recoin… Sont-ils heureux ou apaisés, ne serait-ce que quelques minutes par jour ?

Et quel est le poids des regrets et du mal du pays ? Le volume de leurs soupirs, celui de leurs plaintes ?

Une heure s'était écoulée, une heure à ne rien faire, la cervelle au ralenti, cotonneuse. Un deuxième café noir, imbuvable, une autre cigarette ; à deux ou trois tables de distance, un quadragénaire en costume blanc paradait, accompagné d'un petit garçon ; l'odeur des cuisines ; des écoliers qui gambadent en riant ; une grappe de goélands à la recherche de pitance ou de sacs à éventrer ; la mer retirée au loin, bien loin ; le Russian Baazar et la dernière édition du *Brooklyn Eagle* qui traînent sur une table ; l'anglais défectueux de la serveuse, une vague connaissance d'Anastasia qui, de temps à autre, fait ici des extras. Je pensais à mon frère d'Amérique, à ce que nous avions raté tous les deux – et souvent volontairement –, ensemble et chacun de son côté. À notre volonté commune de mettre un terme à nos malentendus, survenus au moment de l'héritage du Paternel, lequel avait pris un malin plaisir à nous monter l'un contre l'autre, en jouant le jeu de Charlie, son chouchou. Je pensais aussi à cette chose accélérée et fictive qu'on appelle vivre une vie, et dont il ne restera que la magie et l'intuition des lieux.

Puisque Charlie m'a tendu la main en me proposant d'être son témoin de mariage, je la saisis, ici à Long Island. C'est l'unique raison de mon séjour sur cette île toujours sensible à mes yeux.

Herman Melville se plaignait, dans l'un de ses poèmes, que les années passent et coulent sans que jamais nous ne puissions atteindre la vérité ni même la subodorer. « Years sped. But years attain no truth. »

Contre toute attente, le ciel s'est couvert, j'ai pressé le pas jusqu'à la station de Stillwell Avenue, ligne F, cap au nord. La poisse, une nouvelle fois : j'avais oublié mon carnet de notes et ma Metrocard au Tatiana's Grill, sans doute distrait par la serveuse. Neptune Avenue, King's Highway, Avenue P, Bay Parkway... Le convoi prend son temps, un vrai tortillard. Il saute les stations suivantes jusqu'à Church Avenue, après avoir averti les passagers, d'une voix trafiquée par l'électricité et les parasites, et qui semble surgie d'un film noir des années 1940. Je ne comprendrai jamais rien au métro new-yorkais. Suivent Fort Hamilton Parkway, Prospect Park, le long de paysages post-industriels, de grands ensembles, de maisonnettes dérisoires, d'artères transformées la nuit en coupe-gorges, de jardinets clairsemés. Ça couine, ça grince dans les virages, du métal à vif, entre deux fracas, avec effets larsen et hululements échappés de guitares saturées... *Subway jam.* Arrêt prolongé sous terre à Carroll Street, puis nouveau contretemps d'une dizaine de minutes à Bergen, la station qui me renvoie quinze ans en arrière, l'hiver de mon déchirement sentimental... Enfin, correspondance à Bay Street pour Court Street-Borough Hall où je descends. Plus d'une heure de trajet, de bruit et de poussière depuis Coney Island.

Pierrepont, Remsen, Hicks, Sands, Schermerhorn, Montague... Autant de toponymes inspirés par les descendants de colons arrivés de Hollande, d'Angleterre, du nord de l'Allemagne ou de la Norvège, familles protestantes bien établies, prospérant à Brooklyn à partir des XVIIe et XVIIIe siècles. Les autres artères de la zone historique portent des noms de fruits : Pineapple, Cranberry, Orange. Ici, tout a le parfum de la province ; aucune rue n'est numérotée, contrairement à Manhattan où l'on éventre les quartiers, abat les immeubles, disloque des parcs, rebâtit à tour de bras, toujours plus haut, remodèle des bâtisses, repétrit des secteurs et leurs parages. Les maisons avoisinantes ne sont ni accueillantes ni inhospitalières ; leur présence est quelconque, avec une dominante de briques couleur de sang séché. Une banalité somme toute agréable à l'œil.

Ni rasé ni lavé, encore embroussaillé de sommeil, la chemise froissée et tachée, les cheveux dépeignés, les yeux décavés, j'avais l'air d'un traîne-misère que les passants ignoraient, ce qui n'était pas tout à fait vrai.

L'appartement, situé au 5e étage d'un édifice aux parois de grès beigeasse, percé de bow-windows, est une oasis de calme et un bon poste d'observation pour un esprit avide et un homme curieux du monde. Ici, l'œil travaille dur, sans cesse sollicité, l'affût aiguisé à son maximum.

La demeure est typiquement new-yorkaise : murs au blanc immaculé avec des demi-pans de briques fumées, parquet de bois clair en chevrons, rideaux de mousseline semi-transparents, portes intérieures percées de verre, un imposant frigo et une cuisinière gris métallisé, tout comme la hotte aspirante et le lave-vaisselle. Et cette étrange impression d'en être le tout premier locataire. Pas d'odeurs, peu d'échos de la ville ou des voisins, aucun livre, pas un bibelot. En somme, un cocon vierge ou quasi, à l'exception des toilettes, peintes en noir, où a été fixée et encadrée, au-dessus de la cuvette, une grande carte colorée de Long Island, que les Indiens appelaient Paumanok dans sa partie orientale, avec le comté de Nassau en rose pastel. La fenêtre du salon ouvre sur une artère peu fréquentée, arborée d'acacias et de ginkgos : Pierrepont Street, au cœur de l'ancien quartier littéraire, à quelques minutes à pied de la Brooklyn Heights Promenade, faisant front à la *skyline* de Manhattan, sur la rive opposée de l'East River. Et un peu à l'écart, un élégant aubépinier en fleurs.

Charlie a laissé trois ou quatre messages, que je lirai plus tard. Après la douche, j'ai regardé par la fenêtre de la chambre le mur aveugle, puis je me suis assis sur le lit, ai allumé une cigarette avant de ressortir le petit mot laissé par Julia, la fille troublante du Tatiana's Grill, griffonné au revers d'un sous-bock, avec son numéro de téléphone :

« You have an adorable smile ! You really friendly as well ! STAY THIS WAY. KISS. »

La radio jouait des sérénades, des adagios et des fandangos. Une suite de langueurs, de mollesses, d'accords brisés. Cordes, vents, piano, variations, agréments, fioritures, ondulations et ornements. C'est la seule station que j'écoute ici : WQXR (sur 105,9 FM), exclusivement consacrée au répertoire classique, qui émet depuis 1936 à partir du sommet bulbeux de l'Empire State Building, lequel m'a toujours fait penser à une grosse aiguille hypodermique. Ce répertoire que Charlie appelle de la musique pour âmes sensibles, une expression qui m'a toujours défrisé, tout particulièrement dans sa bouche, et qu'il employait à seule fin de me faire enrager. Je le laissais alors à son rock idiot aux trois accords crachés par des amplis saturés, bien que sachant qu'il écoutait également des airs d'opéra russe et de la musique minimaliste new-yorkaise, ce qu'il se gardait bien de m'avouer.

Quelques notes discrètes mais claires, lâchées par un cor anglais, une trompette qui lui répond, sur fond velouté de violons et d'altos, comme un ciel tourmenté qui s'ouvre : *Quiet City*, d'Aaron Copland, la plus belle de ses œuvres, composée aux premières heures de la Seconde Guerre mondiale. Dix minutes de frêle bonheur musical et de quiétude. À la direction d'orchestre : son complice Leonard Bernstein et le Philharmonique de New York.

Il faudrait pouvoir dire et bien dire la douceur radieuse qui se dégage de cette page mélancolique, évocation inspirée de Manhattan ou de Brooklyn au point du jour, avec les motifs récurrents des deux instruments à vent, sous les étoiles pâlissantes que la nuit avait abandonnées. Les dernières poches de ténèbres.

Voilà une vingtaine d'années que Copland m'accompagne, depuis la découverte du pétulant *Danzón Cubano* pour deux pianos, inspiré par son séjour à La Havane. Vinrent ensuite *Lincoln Portrait*, avec Henry Fonda dans le rôle du narrateur, les ballets *Billy the Kid* et *Appalachian Spring*, *Music for a Great City*, son hommage à New York, la *Sonate pour violon et piano*. Toutefois, *Quiet City* et sa mise en musique d'une douzaine de poèmes d'Emily Dickinson demeurent mes partitions préférées de ce pionnier de la musique américaine, aux côtés d'un autre Brooklynois, George Gershwin. Avec Irving Berlin et Bernstein, ils ont créé et modelé la bande musicale de New York, magnifiant l'image acoustique de la ville, dans un mélange subtil de blues et de jazz, de culture populaire, de rumeurs de la vieille Europe juive.

« City of orgies, walks and joys ! », avait clamé un siècle avant eux Walt Whitman, le patriarche de la poésie du Nouveau Monde.

Après le bulletin d'informations, où je n'ai compris qu'un mot sur deux, la WQXR a mis à l'honneur la brève *Elegy for J.F.K*, hommage de Stravinsky au président assassiné, sur des vers de W. H. Auden, œuvre poignante pour mezzo-soprano et trois clarinettes, invoquant le silence des cieux, composée à New York, durant la dernière étape de son exil américain, où il s'était installé en 1939.

« When a just man dies,
Lamentation and praise,
Sorrow and joy, are one... »

Copland, l'éternel mal aimé et mal connu en France, discriminé par les jusqu'au-boutistes de l'avant-garde, a fait l'objet de quelques biographies aux États-Unis et de nombreuses études, souvent fastidieuses. Toutes s'accordent toutefois sur l'esprit curieux de ce natif de Brooklyn, quartier déshérité de Brownsville, fils d'émigrés juifs venus de Lituanie, et à son sens de l'amitié fraternelle comme vertu cardinale. On l'imagine en compagnie de son jeune élève, Paul Bowles, musicien avant de devenir l'écrivain amoureux du Maroc, s'installant au début des années 1930 à Paris pour perfectionner leur art. De là, ils font un crochet par Berlin, puis songent à se rendre sur la Côte d'Azur avant de décider de visiter le Maroc, sur le conseil d'une amie. Ils resteront plusieurs mois à Tanger, dans un hôtel luxueux où ils passeront tout l'été : El Minzah, où Allen Ginsberg, William Burroughs et Jack Kerouac se retrouveront en 1957. Bowles tombe spontanément sous le charme ensorceleur de la ville – « A dream city », écrit-il – qui lui inspirera des années plus tard *Un thé au Sahara*.

Après avoir fait quelques courses au supermarché *Key Food*, et déposé mes chemises et gilets chez Best Cleaners sur Henry Street, j'ai relevé les messages de Charlie, empressé comme à son habitude. Cet enthousiasme de sa part me gênait plus qu'il ne me réjouissait. Je ne savais que penser de ces retrouvailles qui désormais me pesaient, ou plutôt non : elles me mettaient mal à l'aise. Les corridors du passé me semblaient démesurés, de plus en plus troubles, et pipaient les règles du jeu. Et Charlie qui soufflait sur ces braises encore fumantes. Cette fois-ci, il me donnait rendez-vous, à 19 heures, dans un restaurant judéo-ouzbek de Rego Park. « Compte une bonne demi-heure de route en taxi, en passant par Williamsburg. Dix miles, tout au plus. »

Quelle idée saugrenue de se retrouver dans un coin perdu du Queens. Je regrette de ne lui avoir pas proposé de se retrouver à Manhattan, par exemple vers le Flatiron Building, qui m'a toujours fait penser à la proue d'un transatlantique, ou plutôt aux abords de l'Hudson, « Our lordly

Hudson », comme disait le poète, ou encore dans un quartier agréable de Brooklyn, près d'un parc ou d'un jardin. J'ai senti que ma volonté s'était prostrée, soudainement. « Là, tu pourras faire vraiment connaissance avec Anastasia. Tu verras quelle femme fantastique elle est. Tu seras surpris », avait-il pris soin de préciser.

Ce post-scriptum m'a agacé. J'aurais de loin préféré un tête-à-tête, et il le savait : on a tant de choses à se dire, depuis ces dernières années. J'ai tant d'amarres à larguer, après mes errements passés, mes manquements vis-à-vis de ce demi-frère que je chéris malgré tout, et que je n'ai pas su protéger. Mais l'heure de la réconciliation arrivera bien : je l'attends, tout comme lui. Long Island sera notre nouveau port d'attache fraternel.

Parallèle à ce qu'on appelle la Promenade, Henry Street, qui s'étire entre Carroll Gardens et le pont de Brooklyn, est le lieu idéal pour une déambulation tranquille, le long des brownstones aux jardinets fleuris, ses tilleuls, ses chênes pédonculés et ses magnolias, ses larges trottoirs d'où émergent des figuiers nains, ses épiceries de quartier, *mini markets* ou *delis.* Je pensais y surprendre des images figées du passé, ou ranimées, des scènes agréables d'antan : et je n'ai rien trouvé. Le passé a toujours quelque chose de fallacieux. C'est sans doute ce qui me faisait aimer l'incertitude fondamentale liée aux souvenirs.

Le son, les odeurs, les mouvements de la ville, l'humeur de la rue, les mots incompris, des chemins qui s'ouvrent, ce que tu laisses derrière toi, l'ombre descendante des arbres, l'arête d'un mur. Vitrines, carrefours, visages à vif, drapeaux étoilés, fétus de nuages venus de l'ouest, tous les nuages, une rumeur de mer confuse, ce jour qui décroît. Dans l'ardeur de l'été.

En m'approchant de la carte affichée dans les toilettes, j'ai remarqué une dizaine de croix inscrites en rouge ou en vert, correspondant à des villes, à des bourgades ou même à des quartiers : Amityville, Rego Park, Huntington dans le Suffolk, berceau de Walt Whitman, Sag Harbor, Springs, Montauk et autres lieux d'échouage, Garden City, Lynbrook, Kew Gardens, Northport dans le Queens, et tout à l'ouest, Bay Ridge, marqué par un grand cercle. Dans quelle intention ? Projet de périple ? Recensement de lieux déjà visités ? Parcours d'un fuyard ? Traces d'un artiste ou d'un parent ?

Les poètes l'ont dit : si Cuba a la forme d'un lézard vert aux yeux de pierre et d'eau, Long Island ressemble à un poisson, à l'image de Venise. Il est vrai que la longue île est plate comme une limande, sans véritable relief, ni vallons ou falaises crayeuses, abruptes ou spectaculaires, sans prés enclos, ni forêt digne de ce nom, et pleine d'ombres. Elle est dépourvue de crêtes apparentes, de replis, de côtes découpées sur des criques, ou de calanques aux rochers aiguisés, de chemins escarpés, d'étangs à fretin. Je l'ai vérifié, l'amplitude des marées est faible, y compris à Montauk, avec un marnage rarement supérieur à deux mètres ; les plages d'estran y sont donc inexistantes et les vives-eaux d'équinoxe, pratiquement inconnues. Non plus, pas d'écueils, de petites îles dites périodiques au large, qui apparaissent et disparaissent au rythme du reflux et de la montée des eaux, ce que les marins appellent le jusant et le flot. Et les pêcheurs de bars, de pagres et de *tilefishes* ne connaîtront jamais le nordet force 12.

Ici, les paysages naturels ne sont pas rythmés ou assez nuancés, et les panoramas manquent de variations, de surprises. Les rares rivières ne sont en fait que des bras de mer aux eaux fuyantes, qui disparaissent après une quinzaine de kilomètres dans les terres, malgré leurs noms : Carmans River et Connetquot sur la côte méridionale, ou encore Nissequogue River. Donc, ni rive gauche, ni rive droite, pas d'amont ni d'aval, à peine des embouchures paresseuses. Pour autant, je l'aime, cette terre insulaire si singulière, peuplée et animée à l'ouest, calme et provinciale au centre et dans sa partie orientale, tournée non pas vers l'extérieur, ouverte comme elle le devrait, à l'image de la plupart des îles, mais repliée sur elle-même.

Long Island est comme une immense barge à fond plat qui mouille au large de la Nouvelle-Angleterre, la proue de Brooklyn à quelques encablures du port d'attache de Manhattan, aux avant-postes de l'Amérique.

Le taxi m'a déposé à quelques mètres de la large baie vitrée du restaurant Cheburechnaya (Чебуречная), qui jouxte un magasin de fruits et légumes. Encore un nom à l'harmonie mystérieuse et qui fait rêver, comme Sils-Maria, Novossibirsk, Oaxaca, Key West, Valparaiso, Gethsémani, Lofoten où tous les morts sont ivres de pluie. Et puis Charlie m'a rappelé à la réalité.

Ils m'attendaient en silence, installés au fond de la vaste salle mal éclairée, le nez dans leur verre de bière. Ça m'a donné envie d'en avaler une, en trois rasades. D'emblée, Anastasia m'a remis le carnet à spirales qu'elle avait récupéré au Tatiana's Grill. Elle m'a appris que Julia avait rendu son tablier et qu'on était sans nouvelles d'elle. J'eus peine à y croire, moi qui pensais que… Je lui téléphonerais le lendemain.

Après quelques paroles convenues, Charlie a entamé les hostilités, à ma grande surprise.

– Tu me tapes sur les nerfs à la fin, à encore traîner ta putain de mélancolie noire comme un boulet. Tu es marié avec ou quoi ? Vous allez faire des gosses ?

– Qu'est-ce qui t'arrive ? Tu vas te calmer. Pense plutôt à ton mariage. C'est pour toi l'occasion, enfin, de devenir un homme. Je te rappelle qu'on est là pour enterrer la hache de guerre.

– Tu peux parler, toi. Avec tes sempiternels projets foireux, ton divorce catastrophique, tes bouquins que personne n'a lus, tes émissions de radio. Un jour, la vie te regardera dans les yeux et te dira… Un jour, tu cesseras de vivre avec les fantômes du passé.

– Basta ! C'est grâce à eux que je survis, et grâce au bruit des mots.

– Va au diable, avec ta culture et tes citations à tout bout de champ. Tu es qu'un lécheur de virgules !

– Charlie, arrête, maintenant. Je ne suis pas venu ici pour t'entendre vider ton sac.

– OK, puisque tu me cherches…

– Je vous laisse, je me tire.

Le ton était monté, je serrais les poings, les dents. Charlie s'est levé brusquement. Je connaissais son goût pour les coups de boule. À deux ou trois reprises, je l'avais vu à l'œuvre, notamment au cours d'une fête foraine. Avec son quintal et sa rage, ses années de kickboxing, il aurait étalé Hemingway en moins de deux. Anastasia a mis le holà en tapant du poing sur la table, jurant en russe.

– C'est fini maintenant, vos gamineries ! On se rassoit et on se calme.

Charlie a commandé une autre bière, s'adressant sans ménagement à la serveuse aux traits doucement asiatiques. Il ne me quittait pas du regard.

– Excuse-moi, je me suis emporté. Je suis un peu nerveux, ces derniers temps. Les préparatifs de noce, les incertitudes…

– Ça va, ça va. Maintenant regarde-moi tel que je suis aujourd'hui, et non pas l'ombre que j'étais hier.

Anastasia est à nouveau entrée dans le jeu.

– Je vous propose une pause, comme au basket. *Money time* !

Elle a réclamé du papier et un stylo. Elle avait du chien, ce soir-là, dans sa robe en velours rouge bourgogne garnie de brandebourgs. Yeux noirs en amande légèrement maquillés, pendentifs d'argent aux oreilles, bracelets de corail, trois rangs de perles au cou, les cheveux tordus en chignon, des mains d'une jolie finesse. Gêné, je l'étais par les sourires plus tendres que moqueurs qu'elle m'adressait, et autant troublé. Je l'intriguais, et ça se voyait. Rien n'était désintéressé en elle : c'était flagrant. Elle aurait attendri un serpent.

Je suivais ses doigts aux ongles pointus déchirer de petits bouts de papier où elle avait inscrit des lettres en majuscules et qu'elle a ensuite repliés dans le creux de sa main.

– Voilà : à vous de jouer. Vous tirez, chacun votre tour. Tu es l'aîné, tu commences.

Je suis tombé sur le « A ». Charlie sur le « I ».

– Maintenant, choisissez un mot commençant par votre lettre et racontez l'histoire personnelle qu'il vous inspire. À qui le tour ?

Charlie m'a coupé la parole :

– Pour toi, rien de plus simple, c'est A comme « alcoolique ». Alcoolique pratiquant, puis alcoolique pénitent.

– Décidément, tu n'en loupes pas une. L'alcool, pour moi, c'est fini. *Basta ya.* Je suis passé à autre chose. Je n'y toucherai plus. Et pourquoi pas A comme « adagio » ou A comme « allegretto » ?

– Faudra bien en parler pourtant un jour, avant la rechute. Ton retour aux enfers.

– On en a déjà parlé.

– Pas suffisamment, peut-être. As-tu entendu parler de Charles Jackson ? Je n'ai pas beaucoup lu, et tu sais bien que la littérature m'ennuie, mais son histoire est assez exemplaire. C'était un écrivain de New York, alcoolique repenti comme toi, qui a fait de son expérience et de son chemin de croix un best-seller pendant la Seconde Guerre, *The Lost Weekend*, après sept ou huit ans de stricte abstinence. Et puis, nouveau triomphe avec l'adaptation de son roman au cinéma par Billy Wilder. Du coup, le succès et l'argent lui sont montés à la tête, et il s'est remis à boire comme un trou, avant de décrocher à nouveau, puis de replonger. Un peu d'ennui, beaucoup de soleil, une plage des Bahamas, la tentation de la bière, et c'était reparti pour un tour. Entretemps, il était devenu le chouchou et le porte-parole des Alcooliques anonymes. Et arrivé à soixante-cinq ans, un petit séjour à l'hôtel Chelsea, ciao la compagnie, et salut Saint-Pierre.

– On arrête le jeu. Ça ne m'amuse plus du tout.

– Rien ne t'amuse, décidément. Arrête de tout prendre au sérieux. Détends-toi. On est bien, là. Tiens, je vais te parler de moi et d'Anastasia, en restant sur le même thème. Et on va même t'apprendre quelque chose, et changer de continent.

– Dis toujours.

La salle du restaurant était désormais pleine, avec des tablées familiales et tapageuses. Un brouhaha continu, dont je ne saisissais pas un mot, faisait une drôle de toile de fond, mêlée aux effluves de poisson fumé, de gigot rôti, d'oignon rissolé et aux miasmes de café turc. J'avais l'impression de flotter. Anastasia a commandé deux Long Island Iced Tea. Les mots de Charlie et la boucle qu'ils formaient semblaient vouloir s'échapper par la porte laissée ouverte. J'aurais voulu les suivre. Bien en chair, belle en chair, Anastasia s'était rapprochée de moi. Je sentais la chaleur de sa cuisse. Elle ne comprenait rien à notre conversation décousue. Je la regardais pignocher dans son assiette, le regard absent. À quoi rêvait donc cette jeune femme brumeuse ?

– À Tallinn, on habitait près de la gare, pas très loin du grand marché couvert. Précisément, rue Vabriku. Une petite maison de bois couleur pêche.

– Et alors ?

– Alors, c'est là que vivait Sergueï Dovlatov au début des années 1970, du temps où il était correspondant en Estonie d'un journal soviétique. Tu as entendu parler de lui, n'est-ce pas ?

– Bien sûr, c'était le grand ami de Joseph Brodsky à New York. Je n'ai lu que ses *Carnets*, et dans une traduction italienne.

– En italien, mais quel snob ! Et quel manque d'humblesse.

– On dit « humilité », pas « humblesse »…

– Soit. Il y a même une plaque commémorative fixée sur la façade. Tu parles, un pourfendeur du communisme et de la bureaucratie soviétique, ça ne pouvait que les exciter. Lui qui ne supportait que la compagnie des sauvages, des schizophrènes et des vauriens.

– Où veux-tu en venir ?

– Attends ! Ce n'est pas fini. Si on n'est pas trop fatigués, on pourra, en sortant, aller sur la 108e Rue, au niveau de la 63e. C'est là que vivait Dovlatov, dans le quartier juif. Ils ont même baptisé une rue à son nom. Faut que tu voies ça : la Sergei Dovlatov Way, en lettres blanches sur fond vert ! Tu sais ce qu'il disait, et là j'ai pensé à toi : « L'alcoolisme se soigne, l'ivresse, non. » Ça devrait te parler, non ? À moi aussi, puisque j'ai tiré le « I ».

C'est vrai que l'ivresse, la violente négation du temps et de sa durée, dans laquelle je voyais parfois la parfaite hyperbole de l'existence, me manquait, terriblement. Comme la pièce absente de mon puzzle intérieur. J'avais connu de longs moments de fièvre vertueuse, quelque chose comme une euphorie contenue, permettant de s'embusquer dans le présent, en s'adaptant au réel, ses contingences, jusqu'à s'amuser de ses hasards et de ses péripéties, y compris de ses caprices. Et puis cette vertu étourdissante m'a faussé compagnie, du jour au lendemain. En même temps que l'amour, comme dans la chanson.

Charlie et Anastasia se chuchotaient des choses à l'oreille. Elle riait et couinait ; il me lançait des œillades. Le café était infect, servi sans sucre. Il aurait fallu trois vodkas glacées ou deux calvas à température ambiante pour se débarrasser de ce marc fétide qui noircissait les dents. Je pensais à mon retour prochain en Europe. À ce qui m'y attendait. Je voulais changer de peau. Ou me perdre dans un village isolé, sans hôtel ni commerces, sur les côtes de South Fork, dans les environs de Sag Harbor, comme John Steinbeck à la fin de sa vie. En attendant, je tente de m'éloigner de mon incohérence, tantôt enflammé, tantôt irrité. Explorer Long Island me fera le plus grand bien.

Maladroitement, je leur ai parlé de cette carte bizarre dans les toilettes de mon appartement, trébuchant sur les mots. Comme je m'y attendais, Charlie a lâché une quinte de rire.

– Ça doit être les lieux du crime… À moins que ce ne soient les endroits où tu devras te rendre, malgré toi, pour un voyage romanesque. En pèlerinage de toi-même, ou en pénitence.

– Qu'est-ce que j'irai bien faire à Lynbrook, à Garden City ou à Freeport ?

– Lynbrook, je ne sais pas… Un bled du comté de Nassau sur le South Shore, que je n'ai pas envie de connaître. Vraiment pas. En revanche, Freeport je connais : c'est la ville où a grandi Lou Reed, là qu'il est revenu après la déconfiture du Velvet Underground, chez papa-maman. Il la mentionne dans une version alternative de *Coney Island Baby*, de même que le Massapequa Park, situé dans les proches environs. Durant la prohibition, Freeport était l'une des plaques tournantes de la contrebande d'alcool, une des étapes du boulevard du rhum. Tu devrais t'y intéresser. Tout comme l'histoire de cette descente de la police fédérale en 1928, dans les *speakeasies* de Broadway, et qu'on a appelée le Big Dry Raid. Tu imagines tout le rififi chez les décadents de la *Café Society* avec leurs flûtes dans le cul, et les tapettes de la 42ᵉ ! Leurs gins rickey, leurs sidecars et autres monkey glands devaient avoir un goût bien amer. Tu ne connais pas le Gin Rickey, le Mojito américain sans menthe ? C'était le cocktail de chevet de Scott Fitzgerald. *Tendre est la nuit*, mes amours ! Et viva Gatsby ! Quant à Garden City, tu devrais le savoir, c’est de là qu’avait décollé le *Spirit of St. Louis* de Lindberg, en 1927.

– Intéressant, mais ça ne résout pas mon énigme. Et arrête de parler d’alcool. Merde à la fin !

– Il n’y a pas d’énigme. Tu penses trop, c’est tout. Et pour ta gouverne, à cette période, on appelait les pochetrons et les réfractaires à la prohibition, les « boozocrats », et même les « boozsheviks »… Tu aurais fait un bon spécimen, jusqu’en 1933. L’air de rien, j’ai quand même bouquiné, tu vois, mais c’était avant. Tous ces romans ridicules. Eh, « booze » : c’est l’alcool, la picole…

– Je sais, Ducono. Tout ça, c’est bien beau, mais vous n’avez toujours pas parlé de votre lune de miel, du voyage de noces. Une destination prévue ?

– On hésite encore entre le Mexique et la Floride, Key West.

– Bons choix. Mais si j’étais vous : Key West, et ensuite, un petit tour à Cuba. Allez, assez pour ce soir, mes amours. Je rentre.

– Tu es pressé ? Une femme t’attend ?

– Oui, la tienne !

– Très drôle… Et maintenant, que se passe-t-il et que fait-on ?

– Demain est un autre chapitre.

– Tu ne changeras jamais.

PIERREPONT STREET

J'ai décidé de m'isoler pour deux ou trois jours. Me retrancher de l'ordre des choses, reprendre haleine. La farce humaine, si elle existe, je me la jouerai pour moi seul. Si le monologue est mauvais, le coupable est connu. À moi de trouver la force pour assumer la parenté du sang et l'héritage des tourments filiaux, ou même m'en accommoder. Ce séjour new-yorkais sera donc ma planche de salut pour retrouver la complicité de l'enfance.

J'ai ressorti les dépliants récupérés à la gare centrale de Jamaica, avec les horaires des différentes branches de Long Island. L'idée m'est alors venue de profiter de ce voyage pour revisiter et explorer cette île continentale, particulièrement la partie nord, et pousser jusqu'à l'extrémité orientale que je connais à peine, excepté Sag Habor où j'avais fait un saut il y a une quinzaine d'années. Je pouvais compter, je crois, sur Charlie, pour me conseiller.

Les provisions étaient suffisantes : muffins, yaourts au sirop d'érable, pâte à tartiner Philadelphia, œufs de caille, pancakes surgelés, confiture d'airelles, biscuits de pain d'épices pour enfants, cornichons malossols et grosses saucisses *cotechini*.

Le ciel était radieux depuis l'aube, les *small hours*, comme disait Charlie, et j'avais de quoi me retremper dans les réserves d'euphorie épargnées jusque-là. À mes côtés : des livres de seconde main trouvés chez Strand il y avait deux jours, dont la biographie d'une ex-criminelle mondaine qui avait eu son heure de gloire à Broadway, une anthologie de poèmes et de chansons inspirés par les chemins de fer américains, *The Great Machines*, deux carnets de notes à spirales et quelques DVD. Ce serait la fête, sans cotillons ni trompettes. Sur la table de chevet en acajou, la photo encadrée de mes parents, élégants sous le signe du bonheur profond, posant dans leur trentaine florissante ; je suis un poupon emmailloté, joufflu et heureux dans les bras de Papa, qui déjà semblait déjà s'éloigner de la vie. Il l'ignorait.

Cet été 2019 me sourirait, puisque j'en avais décidé ainsi, dans un jeu de vertiges et de miroirs.

Je revoyais la 108e Rue, large artère arborée traversant ce quartier du « Queenistan » dans Forest Hills et Rego Park où nous étions passés la veille au soir : les synagogues, les écoles juives, la boulangerie Jerusalem Bagel, les épiceries casher, la cafétéria Singas Famous, le Dollar Bazaar, les supermarchés Gastronom et Bethel Farm, à l'angle de la Dovlatov Way, un terrain en friche jonché de broussailles de fer, le siège de la congrégation Machane Chodosh, qui avait accueilli des exilés allemands fuyant le nazisme. Et un peu plus loin, le quartier où avaient grandi les quatre membres des Ramones. Tout cela m'étourdissait : j'étais nulle part, enfin. C'était un autre jour. La nuit était pure, absolue ; elle avait lâché ses muscs. La nuit trompeuse, folle, chimérique. Les yeux portés sur ce coin de ciel doucement lumineux, au-dessus de l'église catholique de Notre-Dame Reine des Martyrs. Je me suis surpris à parler à voix basse, comme dans un confessionnal. Et c'est quelqu'un d'autre qui parlait.

Aussi loin que mes souvenirs remontent, il me semble n'avoir jamais entendu une cloche marquer les heures, dans le Queens, pas davantage à Brooklyn ou à Manhattan. Pas de minutes pour l'angélus non plus, d'appels de sombres glas, ni de carillons à toute volée. Les clochers y sont muets. Et pour quelle obscure raison ?

J'ai appris plus tard que Béla Bartók avait vécu ses premiers mois d'exil dans les parages, à deux pas du Queens Boulevard, avant de rendre son dernier soupir à Manhattan, Midtown, en 1945. C'est là qu'il avait orchestré sa *Sonate pour deux pianos et percussion* et, dit-on, mis la dernière main à son étourdissant 6e quatuor à cordes – mon préféré depuis longtemps –, juste avant sa création en public, en 1941. Ce fut l'un de mes premiers microsillons, dans l'interprétation légendaire des Vegh. Ce fut aussi un des rares 33-tours de musique classique à tourner sur l'électrophone familial. À la maison, on écoutait des bluettes, des ritournelles sur 45-tours, la guitare éplorée de *Jeux interdits* et des mambos. Charlie, dans son coin, découvrait sur le tard les hymnes punks et les refrains *grunge*.

En fin d'après-midi, j'ai rappelé Anastasia qui m'avait laissé un message équivoque deux heures plus tôt, après avoir hésité à la joindre. Confuse, elle m'a annoncé tout en chantant ses « r » que Charlie était souffrant et qu'il présentait à nouveau ses excuses pour les mots trop durs adressés hier soir, entre gaucherie et brutalité. Il ne pouvait le faire lui-même ? Était-il donc si mal en point ? Je la soupçonnais d'avoir quelque chose de malsain et de pernicieux. Pas bon pour Charlie, ça. Puissé-je me tromper.

« Je te trouve très sympathique et intéressant, m'a-t-elle avoué. Tu n'as rien à voir avec ton frère, enfin, ton demi-frère. Il y a quelque chose en toi de délicat, comme la marque d'une faiblesse intérieure ou d'une blessure, et j'y suis très sensible… Je suis à Brooklyn, près de Park Slope, où j'ai passé un entretien d'embauche, sans grande conviction ni succès, je crois. Peut-être à cause de mon accent ou de ma tenue provocante… Il me reste un peu de temps devant moi. On se retrouve dans un café pour prendre un verre, ou tu m'invites à découvrir ta tanière ? »

Mis mal à l'aise par sa proposition, je ne savais que dire. Et pourquoi ai-je répondu à son message ? « Allez, ne fais pas ton sauvage ! » Nouveau silence. Un passereau au plumage bleu vif et roux s'était posé sur le rebord de la fenêtre, son bec contre la vitre. Il a émis deux ou trois brefs sifflements avant de s'envoler.

– Allo ! Tu es là ? Je ne t'entends pas.

– J'écoute.

– Sais-tu comment on dit merci en estonien ? Non, bien sûr, tu ne peux pas savoir.

– Pardon ?

– C'est *aitäh*. Et eau, c'est *vesi*. Tu ne trouves pas ça drôle ? Essaie de le prononcer.

– Heu… Je préfère la version russe.

– C'est tout ce que tu as à me dire. Tu n'as pas envie que je t'apprenne d'autres mots ? On pourrait s'amuser. Devine ce que signifie *takso*. Là, c'est facile… Ne raccroche pas. Je suis avec ma cousine, Gerli. On a déjà pris l'apéritif. Elle va t'épater, c'est une fille magnifique. Elle sera ma demoiselle d'honneur, ou plutôt mon témoin. Et puisque tu es un cœur à prendre et qu'elle est libre…

– Anastasia, tu me fatigues, laisse-moi. Rentre chez toi. Pense à ton mariage.

– Et notre verre, alors ? Et Gerli qui voulait faire ta connaissance ?

– Une autre fois. Embrasse Charlie de ma part et prends soin de lui… Attends : et comment dis-tu *Merde* ?

J'avais l'impression d'être dans un mauvais film, figurant face à une actrice de second plan. À quoi rimait son manège ? Est-ce vraiment le genre de femme dont Charlie a besoin ? Ne commettrait-il pas une erreur en l'épousant ? Je doute et m'inquiète pour lui et son avenir. Il faut absolument que je lui en parle.

J'ai coupé le téléphone et me suis accoudé à la fenêtre, guettant l'improbable retour du petit passereau cérulé, certainement un merlebleu, l'*eastern bluebird*, un des symboles officiels de New York, tout comme le lilas et l'érable à sucre. C'est Charlie qui me l'avait appris.

L'air conditionné fonctionnait tant bien que mal, pour finalement expirer alors que la nuit allait planter son décor. J'ai fait brûler des bâtonnets d'encens à la vanille et allumé des lampes votives près du portrait en pied de mes parents.

À minuit passé, j'ai relevé mon courrier électronique. Un message comminatoire de mon ex-femme, à propos d'une réévaluation exorbitante de la pension alimentaire, des nouvelles de mon voisin m'apprenant une tentative d'effraction à la ferme, que j'ai baptisée Isola. Et une photo envoyée par Anastasia, avec la légende suivante : « Pour ta culture personnelle, sache que *merde*, ça se dit *kurat* ! » Un cliché en noir et blanc représentant une cuvette de chiottes.

Je n'avais plus d'encens. Une odeur âcre de sueur empuantissait la chambre, insupportable. Me restait un petit morceau de myrrhe à brûler. J'ai eu une terrible envie de boire, une envie à en crever, de serrer la main du diable, comme ce soir de l'été précédent à Belgrade, alors que j'étais attablé à une terrasse surpeuplée, près de la grande artère piétonne de Knez Mihailova, devant une *čorba* de poisson, après une promenade dans le parc de Kalemegdan en compagnie de la bienveillante Sonja, interprète à l'Institut français. La disgrâce de la ville y était-elle pour quelque chose, avec tous ses pans d'histoire à vif, mal refermés ? La nostalgie retrouvée du Danube victorieux, mêlé ici aux eaux douces de la Save, dans une confluence poétique à l'excès ? Sentir un alcool fort dans le gosier, avant qu'il ne remonte dans les zones les plus sensibles du cerveau, dans les eaux troubles de l'affect pour les faire bouillonner à toute berzingue. Sentir le réel se dérober sous les sens, à en devenir supportable, familier. Une question d'accointance et de dérèglement, de mirage accessible. J'aurais léché la queue d'un rat trempée dans de la *rakija* à 50 degrés. Et j'ai résisté. Ne jamais céder.

Serrer mes nerfs et durcir mes forces, voilà.

J'aimais l'ivresse, je la chérissais, pour une simple et bonne raison : on y est pleinement soi. On s'y sent dans un « soi » démesuré, exacerbé, bandé à mort. C'est éphémère, douillet pour l'esprit ; on s'y conforme. Viennent ensuite la dérive incontrôlée des sens et le dégoût de soi. La bouteille vidée, et la poivrade, la soûlée, dans tout ce qu'elle a de plus répugnant, de plus dégueulasse.

La nuit ne passait pas, les heures et les minutes tournaient au ralenti. Le temps n'avait ni contenu ni contour, comme aux pires épisodes de la dépression. J'ai pris deux ou trois somnifères. Une heure plus tard, agenouillé face à la cuvette, je vomissais le saucisson italien et les gros cornichons russes. Sur la carte colorée, datant probablement d'il y a un siècle, était apparue une nouvelle ville marquée d'une croix. Elle n'y figurait pas hier, j'en suis certain : Northport, entre Huntington et Nissequogue ; et puis une zone maritime turquoise, délimitée par un rectangle tracé en noir : Peconic Bay, à l'ouest des Hamptons. Par deux fois, j'ai compté : il y avait sur le plan douze lieux mis en évidence, pas un de moins, pas un de plus.

Finalement, j'ai attendu la dernière heure de l'aube, avec son changement de décor, et l'éveil bleu du ciel dominical, degré par degré, pour m'aventurer au-dehors, avec en tête la trompette rêveuse et les cordes suaves de *Quiet City*. Pas un chat dans les rues tièdes, sous la clarté estivale.

Rien sur mon écran de téléphone : Julia ne m'a pas répondu. Et aucune nouvelle de Charlie.

Petit à petit, les rêves de cette mauvaise nuit se sont effacés pour venir s'accrocher à des pans de réel, par bouffées. Dans l'un d'entre eux, une voix profonde, comme échappée du purgatoire, serinait, presque en chantant : « Tous les pères craignent que l'amour naturel des enfants un jour ne s'éteigne. » Puis les échos se sont tus. Drôle de cantique pour un dimanche.

Je songeais à Charlie, davantage affecté que j'aie pu l'être par la disparition du *Padre*, ébranlé même : il lui manquait toujours.

Au coin de Monroe Place, s'est dégagée une forte odeur mêlée de farine, d'oignon, de café brûlé, avec un soupçon d'eau de Cologne. Comme un relent du passé. Bientôt 7 heures ; avec un peu de chance, je trouverai une église ouverte. Le quartier n'en manque pas, même si bon nombre d'entre elles ont été au fil des décennies transformées en immeubles d'habitations ou en salles de spectacles : Sainte-Anne et la Trinité ; Plymouth Church of the Pilgrims, fréquentée par Abraham Lincoln (un bas-relief en témoigne), et où prêchait le pasteur abolitionniste Henry Ward Beecher, celui qui a dit : « Without liberty, man is a syncope » ; la gothique Saint-Charles-Borromée, aux murs de couleur tandoori, dédiée à ce cardinal-archevêque de Milan qui soignait les pestiférés ; Grace Church ; la discrète Danish Seamen's

Church sur Willow Street, avec sa cloche de quart suspendue aux flancs de l'entrée, et où j'ai trouvé porte close.

Un peu plus loin, je me suis arrêté devant la cathédrale maronite de Notre-Dame du Liban. Un lieu insolite pour ses deux portails, ornés d'une dizaine de gros médaillons de bronze qui jadis ornaient la grande porte à deux vantaux de la salle à manger des premières classes, pouvant accueillir près de 700 convives au cœur du paquebot *Normandie*. Médaillons à l'effigie du Havre, de Cherbourg, de Saint-Lô, d'Évreux, de Rouen, de Falaise... C'est un révérend qui les avait récupérés pour quelques petits milliers de dollars lors d'une vente aux enchères, en 1945. Le palace transatlantique avait été désarmé et désossé avant son incendie fatal dans le port de New York, alors qu'il était amarré au *Pier* 88 de la French Line, trois ans auparavant, après avoir été rebaptisé sous le nom de *USS Lafayette*, et reconverti en bâtiment de transport auxiliaire des troupes de la Navy, qui l'avait auparavant réquisitionné.

Lors d'un précédent séjour, la présence de ces lourds panneaux qui avaient échappé aux flammes n'avait pas éveillé ma curiosité. En ce temps-là, je ne m'intéressais guère aux paquebots. Par la suite, je me suis renseigné sur un des bâtiments de la Compagnie générale transatlantique en apprenant que Robert Desnos, Morand, Maïakovski et Dos Passos avaient dans les années 1920 emprunté le vapeur *Espagne* pour rallier New York à partir de Saint-Nazaire, jouissant pendant la traversée du bruit lourd de la mer, de la succession des horizons, et de « ce vaste prodige de la monotonie inépuisablement variée », comme disait l'un de mes poètes préférés.

Cette porte à deux battants, fixée à l'entrée principale, donnant sur Henry Street, est encadrée de losanges surdorés et ciselés. Celle, latérale, ouvrant sur Remsen Street, est enrichie de quatre médaillons sur fond de grappes de raisin et de feuilles de vigne.

La cathédrale est veillée sur la droite par une statue de la Vierge Marie sur un piédestal de terre et de pierre, entièrement vêtue de blanc, la tête à peine inclinée, les mains jointes à la prière, les yeux clos dans une expression de joie lumineuse.

« Hail Mary, full of Grace, the Lord is with thee »...

J'aurais voulu être ému, chamboulé, comme j'avais pu l'être devant l'image de la mère de l'Enfant-Jésus. Non, je ne ressentais rien. Le cœur à sec. Pas une once de spiritualité ou de piété, à contrecœur, raidi contre l'Adoration. Mes pensées allaient vers les premiers passagers du *Normandie,* le « vaisseau de lumière » (longueur totale : 313 mètres, tirant d'eau : 11,20 mètres, jauge brute : 79 000 tonneaux, vitesse moyenne : plus de 30 nœuds), symbole de la France puissante de l'entre-deux-guerres, joyau de l'Art déco, lors de la traversée inaugurale de mai-juin 1935, reliant Le Havre à New York en quatre jours et quelques heures, avec à son bord Xavier Cugat et son orchestre cubain du Waldorf Astoria, Colette, et l'homme des *Pâques à New York :* Blaise Cendrars. Un nouveau record mondial à l'époque qui valut au *Normandie* le prestigieux Ruban bleu.

Revenant sur mes pas, je découvre l'inscription blasonnée, placée au-dessus du portail et de l'effigie de Lisieux, sur un à-plat de couleur chocolat, à côté d'une petite croix de Lorraine et d'un signe que je n'identifie pas : « Gloria Libani Data Est Ei ». Brutalement, j'ai revu la Corniche et ses flâneurs, par une matinée chaude de septembre, les palmes décoiffées qui s'agitaient dans le ciel blanchissant de Beyrouth, la mer houleuse et ses limons, les nageurs hardis, les rouleaux de barbelés couronnant les enceintes des bâtiments officiels, les courtines et les remparts crénelés de Byblos ; et puis, tout là-bas, ce qui devait être des cargos et des porte-conteneurs, sur la ligne d'horizon. Quelques secondes plus tard, je retrouvais le goût de la bouche de Yara, ses effluves les plus intimes, les plus musqués.

Déjà, la vie avait repris ses droits et les rues éteintes à nouveau fréquentées, sans les pétarades et le tempo infernal de Manhattan. C'est ce que j'appréciais dans ce recoin de Brooklyn où, depuis l'avant-scène de la Promenade qui longe le promontoire, on pouvait admirer la baie et les gratte-ciel de Downtown, comme à travers un miroir. C'est un panorama inépuisable, théâtral dans sa mise en scène. Jamais je ne trouverai les mots pour dire à la fois l'impression ressentie, palpitante, et pour traduire le ballet des remorqueurs et des caboteurs remontant l'East River, des ferries aux couleurs vives à destination de Staten Island, depuis les pontons et les môles, des pousseurs creusant leurs sillages, quelques frêles embarcations prêtes à prendre le large, des bouées de navigation ballottées, l'appel d'une corne de brume, des bacs et des barges sur les flots aux couleurs impossibles à fixer, exaltés par une lumière douce, chatoyés par une brumaille d'où émergent une volée de mouettes, des hélicoptères, alors que disparaît l'ombre furtive d'un avion, côté jardin, avec au loin la sentinelle de cuivre de la Liberty et Ellis Island.

Assises sur un banc, face à la skyline dominée par les 104 étages du One World Trade Center, surnommée la Freedom Tower, des sœurs jumelles blondes vêtues toutes deux de joggings noirs et chaussées de baskets roses, en grande conversation, deux caniches râleurs et un teckel à poil dur (un *sausage dog*, comme on dit ici) assoupis à leurs pieds. Et puis le regard se pose sur un imposant chevet de pierre, une harpe aux cordes d'acier : le pont de Brooklyn, et au-delà, hors champ, le pont de Manhattan, précédé de cubes de briques brunes. Une incomparable réjouissance pour les yeux.

Est-ce Paul Morand ou un autre, qui comparait l'île de Manhattan au corps écailleux d'un saurien endormi ? Aragon, peut-être, qui avait effectué la traversée à bord du *Normandie* en compagnie d'Elsa Triolet, pour son unique séjour américain, durant l'été 1939, au moment de l'Exposition universelle, installée dans le Queens ? Sur place, alors qu'il mettait la dernière main à son roman *Les Voyageurs de l'impériale*, Aragon avait visité les boîtes et les clubs homosexuels de Brooklyn, sous le choc de leur « agressivité ignorée à Paris, et même à Berlin au temps de l'inflation. » Elsa venait de publier à Paris un livre de souvenirs sur son premier grand amour, Vladimir Maïakovski. L'Exposition universelle avait eu lieu entre avril 1939 et octobre 1940, installée sur les 500 hectares du parc de Flushing Meadow. Elle présentait, sous forme de *wonderland*, les promesses du monde de demain, avec ses pavillons futuristes, ses spectacles et ses attractions (Olga la femme sans tête, les « adoratrices du soleil », Elektro le robot et son chien Sparko, l'île des Pingouins de l'amiral Byrd, les autotamponneuses aquatiques). Éphémère double de Coney Island, loin de l'océan, où se déroula la première convention internationale de science-fiction.

À regret, je ne connais pas ce paysage de la Promenade aux couleurs de la nuit, où je peux imaginer les fanaux illuminés de vert perçant les ténèbres, le signalement d'une embarcation pétaradante rejoignant Battery Park, le clignotement magique des enseignes entre les masses d'ombres, le profil inquiétant des plus hauts gratte-ciel, sous les projecteurs d'un hélicoptère, l'éclat des sémaphores, et un vol fantomatique de lucioles.

Soit : la nuit qui vient de se révéler.

Les riverains qui s'affairaient, les flâneurs et les badauds arrivant en nombre : la vie reprenait des droits. Des nuages en marche serrée commençaient à obscurcir un coin de ciel qui s'était coloré de rose cendré. Il était temps de quitter cette élégante esplanade, de rentrer et de se calfeutrer. Au niveau de Montague Terrace, un attroupement de jeunes touristes, Smartphones à bout de bras, m'empêchait de revoir le petit enclos herbeux et la plaque de cuivre enchâssée dans la roche depuis 1929. C'est là que s'élevait le quartier général de George Washington, Four Chimneys House, au cours ce qu'on a appelé la Bataille de Long Island ou de Brooklyn, opposant les patriotes américains des Treize colonies de la côte est aux Redcoats et à la puissante armada du royaume britannique, en 1776, quelques semaines après la Déclaration d'indépendance.

J'ai pressé le pas avant de bousculer par mégarde un livreur en uniforme brun, inquiet de ce pressentiment : et si l'appartement avait été cambriolé ?

CET OCÉAN QUI NOUS SÉPARE

Pour la troisième fois depuis mon arrivée, j'ai surpris la locataire insomniaque de l'appartement d'en face dans son intimité, alors qu'on frappait violemment à la porte d'entrée. Il devait être 11 heures.

C'était Charlie. Il m'a à peine regardé, a posé sur la table du salon un bouquet de roses jaunes, puis s'est dirigé vers la fenêtre, retroussant les manches de sa chemise en jean. Il avait coupé ses cheveux, à ras.

– Je n'avais plus de nouvelles de toi. On se faisait du mauvais sang… Qu'est-ce que tu fous ? Tu es souffrant ? Tu n'as plus de téléphone ?

– Tu veilles sur moi comme un père. Ça fait plaisir. C'est touchant, même.

– Ce n'est pas mal, ici. Tu t'y plais ? Tout à fait pour toi : aseptisé, calme, cosy… Dis donc, plutôt jolie, ta voisine, dans cette tenue… On aimerait bien en voir davantage… Tu devrais l'entreprendre…

– C’est son heure. Toujours le même scénario. À croire qu’elle le fait spécialement pour moi.

– Explique, tu me mets l’eau à la bouche. Crois-tu qu’elle pourrait t’entendre, d’ici ? Je veux dire, tu as déjà essayé de lui parler, de lui faire un petit signe depuis la fenêtre ?

– Laisse tomber, Charlie.

– Tu es tout pâle. Qu’est-ce qui t’arrive ? Tu as fait un footing ? Tu t’es fait courser par des rappeurs ?

– Je suis allé me balader vers Henry Street, puis sur la Promenade pendant une bonne heure, et j’ai dû rentrer précipitamment, persuadé qu’on était en train de me cambrioler…

– Si tôt ?

Je n’avais pas vraiment envie de le voir ni de l’entendre. Pas aujourd’hui. J’avais tort. Il inspectait l’appartement. J’ai apporté un plateau en osier avec une théière, un bol de café, des mini bagels à la cannelle et du miel d’abeille. WQXR diffusait en sourdine des cantates et des motets.

– Ta chemise…

– Quoi, ma chemise ?

– Celle que tu portes, maintenant. Jamais, tu la changes ?

– T’es gonflé. C’est ma fringue fétiche, je la portais quand j’ai rencontré Anastasia pour la première fois. Une Wrangler vintage des années 1960, le modèle que portait Steve McQueen dans *Baby the Rain Must Fall. Le Sillage de la violence* dans la version française. Tu ne connais pas.

– Tu l'as déjà lavée, au moins ?

– Je ne suis pas venu ici pour qu'on parle de mes nippes et de ma crasse, monsieur le dandy made in France ! Tu te prends pour le *Thin White Duke*, ou quoi ?

– Désolé.

– Je suis venu pour te dire que tes embrassades m'ont touché, l'autre soir. J'aimerais aussi qu'on parle du discours de mariage. Tu y as pensé ? On dit une « épitralâme », n'est-ce pas ?

– Un épithalame… C'est à la fois un honneur pour moi et aussi une contrainte. Que veux-tu que je raconte ? Que je célèbre l'union de deux êtres ? Que je fasse ton éloge ? Que l'on parle de nous deux aussi ?

– Un peu de tout ça. Je te fais confiance. N'hésite pas à faire mon portrait avec plein d'éloges. Et gloire à l'amour !

– Et sur Anastasia ? Je la connais à peine.

– Imagine, c'est ton point fort. C'est pour ça que c'est à toi que je demande d'écrire le discours, et de le prononcer devant les invités. Parce que c'est toi, parce que tu es mon frère.

– Je ferai de mon mieux. Promis.

– Mais pas trop de citations, *please*. Ne me ressors pas de référence biblique. Et épargne-moi l'histoire des demi-frères Ismaël et Isaac.

– T'inquiète. Veux-tu que je te le fasse lire, avant ?

– Surtout pas. Tout est dans la surprise.

– Je m'appliquerai. Mais auparavant, je dois voir Anastasia, en tête-à-tête. Qu'elle me parle d'elle, de sa relation à toi. De vos projets communs.

– Bien sûr.

– Sais-tu que j'ai vécu dans ce quartier, il y a quelques années ? Oh, pas très longtemps, mais suffisamment pour bien le connaître. Ton bailleur était un ami, un drôle de type qui traficotait dans les paris hippiques et les courses de lévriers en ligne. Il m'a toujours eu à la bonne depuis. À l'époque, je sortais avec la directrice d'une galerie d'art contemporain de l'East Village, pleine aux as. Tu vois le genre. On vivait à moins de cent mètres d'ici, à deux pas de la maison de Joseph Brodsky. Un superbe *brownstone*, tout ce qu'il y a de plus classique, avec colonnes de style grec à l'entrée. Il se l'était payée avec le gros chèque du prix Nobel.

– Tu as connu Brodsky ? Non, tu étais trop jeune. Mais tu ne m'as rien dit à propos, l'autre soir, au restaurant. Tu sais qu'il est parmi mes poètes préférés…

– Non, pas lui, seulement sa veuve, qu'on croisait dans Pierrepont Street, tard le soir. Une Italienne un peu bizarre, très snob. Maria, qu'elle s'appelait.

Ces vers me sont revenus, de mémoire :

« Comme un verre trop plein je porte mon mal de tête

dans la lumière grise d'un midi d'hiver, le long
de la rivière couleur d'étain qui charrie sa boue
vers l'océan,
cet océan qui nous sépare dans un élan capable
de... »

Il m'a coupé dans mon élan, m'a fait répéter le début. J'ai repris mon souffle. Il avait l'air ému.

– C'est de lui ?

– Oui, le poème *Au-dessus de l'East River...*

– Ça ferait, je crois, une bonne chanson, mais plutôt en anglais. « This ocean that separate us... » Ça nous ressemble un peu, non ? Il a commencé à chantonner : « This ocean that separate us... »

– Il l'avait écrit en russe, dans les années 1970, au moment où il venait d'arriver ici.

– Alors, ce sera une bonne chanson, que je dédierai à Anastasia, et interprétée dans sa langue maternelle. Je sens que j'ai déjà le refrain, et un bout de couplet.

– Faut croire que je t'inspire. On devrait se voir plus souvent !

Charlie a insisté pour aller déjeuner à l'extérieur. J'ai finalement cédé. On s'est engagés dans Pierrepont, calme comme une rue de province, puis on a tourné à gauche sur Hicks Street qui débouchait sur la commerçante Montague Street. Il a marqué le pas devant un bâtiment cossu à bow-windows, et dont les échelles de secours donnaient directement sur la rue, sur fond de briques sang de bœuf. Avec un sourire complice, il m'a montré un médaillon rouge fixé à droite de l'entrée, sous un globe luminaire. J'ai lu sinon l'inscription, du moins les premières lignes :

« Arthur Miller
October 17, 1915 – February 10, 2005
62 Montague Street, Brooklyn. »

– C'est là qu'il vivait pendant la guerre. Ensuite, il a emménagé à Pierrepont. C'est là qu'il avait écrit *Mort d'un commis voyageur*. Voilà, aujourd'hui tu auras au moins appris quelque chose.

– D'où tu sais ça ?

– Durant mes années de fac, ou plutôt mes demi-années, j'ai joué au guide pour des touristes français... J'inventais les trois quarts de ce que je leur racontais. Je brodais, arrangeais, changeais les dates. Et ça passait ! J'ai même fait croire à une rombière que Marilyn et Kennedy avaient passé une nuit ici... En tout cas, et tu l'auras deviné, je ne suis pas vraiment celui que tu crois. Et comme disait l'autre : « Je suis moins bête que tu n'en as l'air... »

On s'est installés à la terrasse de Teresa, un peu à l'écart de l'agitation urbaine. Le restaurant, fréquenté jadis par d'illustres riverains tels que par

Norman Mailer ou le poète Norman Rosten, intime de Marilyn et de Miller, a été ouvert il y a trente ans par Teresa Brzozowska et son frère Bogdon, arrivés de Gdansk au début des années 1980, dans le quartier de Williamsburg, au moment de la création du syndicat Solidarność sur les chantiers navals de la Baltique, et au moment de la naissance de Charlie. On y déguste, dit-on, les meilleurs *pierogis* et *kielbasas* fumés, et le bortsch le plus authentique de Brooklyn. Mais pour combien de temps encore ? Teresa, qui va sur la soixantaine, serait sur le point de fermer boutique, croulant sous les charges diverses, dont plus de 15 000 dollars de loyer mensuel, et l'accumulation des taxes. Charlie était en terrain conquis : Teresa l'a appelé à plusieurs reprises *mały książę*, « petit prince » en polonais.

Je me sentais bien, et plutôt de bonne humeur. Le rythme de la ville avait ralenti, imperceptiblement. Charlie m'avait rafraîchi le cœur. Je me suis surpris à respirer à pleins poumons. L'air était doucement moite. On a commandé des thés glacés.

– Tu te souviens de la toute première fois à New York ?

– Et comment, Charlie ! J'accompagnais pour sa promotion un jeune baryton-basse gallois qui venait d'enregistrer des airs de comédies musicales de Broadway. Une grande gueule dans tous les sens du terme, qui devait mesurer près de deux mètres. L'interview en fin de soirée avait mal tourné : le baryton était complètement bourré et n'arrêtait pas de rire, pour un oui, pour un non.

– Ça remonte à quand ?

– Une bonne vingtaine d'années.

– À cette période, j'étais encore dans le sud de la France, on allait bientôt s'installer à Staten Island, dans la famille de Maman.

– Tout de suite, j'ai été séduit, captivé par la ville pendant quatre jours, avec en tout une douzaine d'heures de sommeil : je voulais tout voir, tout sentir. Christopher Street, Central Park, Times Square, la scène du Metropolitan Opera, le Village Vanguard avec Ron Carter, le fracas du métro, les rives de l'Hudson le soir, la *party* sur le *roof top* du Plaza… Tout était électrique, tendu et accueillant à la fois. Il fallait se mettre au diapason, suivre en même temps le tempo de la rue et sa propre pulsion intérieure, dans un souffle grisant. Un sacré vertige. C'était vraiment la féerie téméraire et l'enfer bouillant de vie, comme disait Paul Morand. On m'avait même baladé dans Long Island, jusqu'à Sag Harbor, où on était restés deux ou trois heures, après un interminable trajet en voiture.

– Arrête un peu, avec tes citations, tes références… Faut toujours que tu parles en empruntant les mots des autres. Tu joues à cache-cache avec toi-même ? Avec ta tronche de *party pooper*.

– C’est-à-dire, *party pooper* ?

– Pisse-froid, casse-joie, si tu préfères. C’est le mec qui gâche la fête à lui tout seul.

– Je suis comme ça, et je ne changerai pas. En quel honneur ? Pour te faire plaisir ? Je suis aussi ce que je lis, ce que j’ai lu, dans les grandes voix d’hier, celles des revenants qui m’accompagnent et me soutiennent. Aujourd’hui que les mots ont été altérés ou vidés de leur sens. Révolution, environnement, empreinte carbone, égalité des chances, diversité, vivre-ensemble et parité, quartiers et territoires, frigo connecté, boulgour à tous les étages… Tout ce cirque creux qui tourne la tête aux nouveaux cagots. Une chiasse de mots et de sornettes qu’on voudrait nous imposer au nom du bien commun.

– En résumé : la bien-pensance sélective et débilitante, la connerie durable, le crétinisme responsable, et tous ces *bollocks*.

– Exactement.

– Mais revenons à notre sujet : ça permet aussi de faire passer tes clichés et tes cartes postales. Pour New York, manquent plus que la *soul food* de Harlem et les *homeless*, les loqueteux de la Bowery, *the street of forgotten souls*, comme on la surnommait… Les châteaux d’eau sur les toits, le club CBGB et les fringues à prix coûtant de chez Century 21… Non, pas le CBGB : il a définitivement baissé le rideau, voilà plus de dix ans… Moi, tout ce que je connais par cœur, c’est les chansons de Lou Reed, toutes ou presque. Enfin, pas trop les dernières, que je n'ai jamais vraiment aimées. Et j'ai en tête depuis longtemps ce projet d'en faire une édition critique complète et commentée, en ajoutant quelques poèmes, ceux de son recueil *Do Angels Need Haircuts ?*

– En français ?

– Plutôt en bilingue, comme moi.

– Je serais prêt à t'aider, te conseiller. Mais avant ça, il faudra bien qu'on se réconcilie.

– Tu dis vrai ? Tu es sincère ? Allez, je t'embrasse, *Bro*. Et on arrose ça ! Je t'aime bien, tu sais, malgré tes côtés œdipiques.

– *Œdipiques* ? *Narcissique*, tu veux dire ?

– Tout ça, c'est du pareil au même.

Cela faisait plusieurs minutes que je l'observais, en silence. En quelques petites années, son visage n'avait pas bouffi, mais s'était plutôt allongé, la joue gauche traversée depuis la commissure des lèvres par une longue balafre qui lui donnait l'air d'un arsouille, et ce dont il jouait avec talent, à plus forte raison auprès des filles. Je me demandais s'il n'était pas las de jouer les athlètes de la vie, toujours prêt à se lancer dans une cabriolade.

– Et ta cure de désintoxication à l'hôpital ?

– J'aurais aimé que tu sois là. C'est tout. Que tu me fasses au moins un signe. Pour tout dire, je ne pensais pas qu'on pouvait tomber aussi bas. À en racler le fond de la piscine.

– Mais j'étais à Tallinn, en plein dans la mouise. *I was a real mess. I found myself in deep shit.*

– Nos mouises, nos panades, on aurait dû les échanger à ce moment-là. On attendra une autre occasion pour parler du sevrage à l'hôpital Fernand-Widal, l'heure n'est pas encore venue.

– « Panade » : c'était un des mots du Padre, je ne l'ai entendu que dans sa bouche, tout comme crouni, gobichonner, gnouf ou canasson.

– Il disait aussi : « C'est tellement bon que j'en boufferais sur la tête d'un pouilleux. »

– Celle-là, je l'ai retenue.

Une nouvelle fois, nous nous contentâmes d'échanger des bribes de nous-mêmes, des bouts de vie, séparés l'un de l'autre. En somme, nos constellations de petites choses.

Passablement énervé depuis notre arrivée – et pour quel motif ? –, Charlie a intimé à nos voisins de table, des Hollandais ou des Suédois déjà avinés, de baisser le ton, puis a demandé haut et fort une autre bière et un shot de vodka. « The perfect combination », comme il a dit. Je l'enviais d'avoir les yeux déjà pétillants et le gosier en feu, après deux lampées de Król et une rasade de mousse fraîche.

La conversation s'est poursuivie sur les préparatifs de la noce, la cérémonie religieuse, puis a roulé – il fallait s'y attendre – sur Papa, qu'il avait bien mieux connu que moi. Papa qui avait quitté le foyer familial alors que j'avais neuf ans à peine. Parti avec perte et fracas, parti vivre avec une Américaine originaire de Staten Island. Je lui en ai toujours voulu. Huit ans après naissait Charlie, le chouchou de la fratrie.

On est revenus sur les obsèques dans la chapelle de la campagne normande, aux murs froids, désertée par la lumière divine, dressée à quelques jets de pierre d'une boucle de la Seine. Il y faisait un froid de loup. Le temps était exécrable, sous un ciel bas et gris de fer, un véritable plafond d'ardoise. Je ne me souviens pas et Charlie non plus, si l'éloge funèbre avait été prononcé avant ou après la sonnerie aux morts soufflée par le clairon de l'un de ses anciens compagnons d'armes ; les autres, raidis dans leurs vieux pardessus mal boutonnés, mains serrées et tremblantes sur la hampe du drapeau tricolore en berne.

Jamais, lui comme moi, n'avions entendu un son aussi glaçant, mortifère, comme si l'éternelle communauté des trépassés l'écoutait, attentive, inquiète. J'entends encore son motif lugubre : *sol-do-sol…* Un écho qui semblait ne pas vouloir cesser, sans battements de tambour.

Les sanglots filaient le long du cercueil, à travers les piliers, les pierres, au-delà des vitraux poussiéreux, avant de s'échapper vers l'horizon. Tous ces visages absents depuis de longues années, marqués ou défigurés par l'âge, l'épreuve et les affres de la vie, on les reconnaissait, bien sûr, mais ils ne se ressemblaient plus ; ils étaient comme abolis. L'œuvre du temps et la marque de nos renonciations. C'était dégueulasse. Un vrai cimetière de vivants.

Maman était inconsolable. J'ignore ce qu'elle pleurait le plus : la fin d'un couple, après dix ans de mariage ou la perte d'un premier mari. L'image que je garde d'elle, si fragile et vulnérable, au moment de l'inhumation dans la terre grasse du pays qui l'avait vue naître, en bordure d'une contre-allée, est celle de son petit visage torturé par le chagrin, tourné vers l'ailleurs et les pans du passé palpable, ses joies défuntes, enfoui dans les bras de sa sœur aînée, comme celui d'un chaton enrobé par sa mère. Le plus cruel, c'est que ce jour-là elle fêtait ses soixante-dix ans, et qu'il lui restait à peine deux ans à vivre. Brusquement, des tourbillons de vent avaient chassé les pétales de fleurs colorées, mais sans odeur, jetés sur le cercueil, pieusement. Après les poignées de terre. Ou juste avant ?

Les cousins, tantes, nièces, oncles veufs s'étaient ensuite isolés un peu plus loin, près d'un mur d'enceinte délabré, formant un groupe compact, sombre. Immobile, comme suspendu dans le silence morose, haché par le cri des corneilles. J'avais pris Charlie dans mes bras, comme pendant les étés d'autrefois, quand il se réveillait en pleine nuit, épouvanté par ses cauchemars à répétition, dans lesquels il se noyait dans la mer, distante de quelques dizaines de mètres.

– Tu as une meilleure mémoire que moi, pourtant tu étais dans un triste état, ce jour-là. Mais moi, je n'ai pas prêté attention à ta mère. Le père que nous enterrions était déjà sorti de ma vie, après la séparation et son retour en France. Ce qui m'avait marqué et révolté, c'était l'éloge funèbre du diacre, un rougeaud ventripotent à tête de veuf. Il l'a lu sans entrain, sans chaleur, débitant des phrases d'une insignifiance affligeante. En résumé, c'était : « Il est né, il a vécu et il est mort. » Entre le berceau et le lit d'hôpital, il fait la guerre, s'est marié deux fois, a eu des enfants, a vécu en Amérique ; il a aimé le sport et le PMU, les parties de rami ou de coinchée, les grilles de mots fléchés ; il appréciait la bonne chère et les grands vins, et il nous a quittés au terme d'une longue et cruelle maladie. Et le temps passe à sa manière. Les grands vins ? Laisse-moi rire. Le Padre était incapable de distinguer une piquette d'un Haut-Médoc.

J'ai encore en tête les mots du diacre : « Que notre prière monte vers Dieu pour ceux qui vivent une longue maladie et pour toutes les personnes qui accompagnent de grands malades : que les uns et les autres trouvent la patience, le courage et la force nécessaires. Prions le Seigneur. Prions pour ceux qui souffrent et qui sont proches du désespoir. »

J'enrageais ; son goupillon, je lui aurais bien foutu à travers la gueule.

– Je suis d'accord avec toi. Le moins qu'on puisse dire, c'est que ça manquait de ferveur liturgique. De toute façon, Papa avait toujours été sourd à l'appel de Dieu. Autre chose : le diacre a omis de parler de son admiration de Jean Gabin, de son goût pour le football et le catch, devant le téléviseur, son penchant pour le mambo et la flûte andine. Quelques pas de deux, quelques pas de danse.

Les cartons à chaussures écornés se sont imposés à ma mémoire noire, celle de la sensation. Trois ou quatre boîtes contenant des centaines de photos en noir et blanc prises pendant la guerre d'Algérie. Charlie aussi les connaissait, ces clichés, que j'avais découverts remisés dans le grenier, sous une machine à coudre, vers dix ou douze ans. Je lui en avais montré une sélection. Ça l'avait bouleversé, ces clichés aux liserés crénelés qui avaient tourné au sépia. Des Bédouines à l'ombre tiède d'un palmier, des danseuses du ventre au kitsch sordide, dans une arrière-salle enfumée, des fellaghas en sang, en gros plan, la gueule emportée par la mort, ou de jeunes bergers torturés puis égorgés, tous témoins ou acteurs de drames, barbares ou mystérieux.

Charlie m'avait demandé, juste avant les obsèques, de lui donner cette photo où quelques hommes du régiment de transmission posaient au pied d'un hélicoptère de combat, ainsi que celle de la brasserie du boxeur Marcel Cerdan, le bombardier marocain, à Casablanca. À contrecœur, je lui avais laissé celle du pistolet-mitrailleur MAT-49 posé sur la rocaille, et qui sans doute avait été l'arme de Papa. Tout ce qu'il a pu me dire, c'était : « Je n'ai jamais aimé mes souvenirs d'enfance. Ils m'ont toujours berné. »

– Ce putain de diacre a surtout manqué de respect pour Papa ! Bordel ! Et tous ces psaumes chantés à l'emporte-pièce, les extraits incompréhensibles de la Bible, le rappel de son âme à Dieu, et les plaintes poussives d'un orgue enregistré… Quelle sale journée de merde. Non ? *Goddammit* !

– À qui le dis-tu !

– Tu aurais pu l'écrire, ce discours, avec ton talent et ta sensibilité. Ça aurait eu plus de gueule, et ça lui aurait rendu justice, à notre père. C'est ce qu'on attendait de toi. Et une nouvelle fois, tu nous avais déçus.

Je marquai une pause, piochai dans mon assiette d'œufs Bénédicte, puis tripotai la grosse boîte d'allumettes, en regardant Charlie droit dans les yeux, qu'il avait tristes.

– Aujourd'hui encore, je le regrette. Avec la plus grande sincérité.

Et c'était vrai. Dieu sait qu'à cette époque de ma vie, je n'étais pas moi-même. Rétracté, atrophié de la tête et du cœur. Tout s'était appesanti. J'étais un autre qui allait je ne sais où, absent et furieux. Errant dans mon voyage intérieur.

– Tu serais donc capable d'avoir des remords, dorénavant ?

Il a repris son souffle, a jeté un regard inquisiteur sur les quelques convives alentour, et m'a lâché, les mains jointes pointées dans ma direction :

– En somme, on pourrait dire que la vie n'est jamais aussi grave et réelle qu'on voudrait le croire.

Le temps était venu de se familiariser avec l'égarement du deuil, L'ABSENCE gravée en majuscules, le temps aussi de vaincre les périls de l'oubli, de percer les ombres. Les morts ne sont jamais là où on les attend, même dans le chagrin ou l'effroi.

La terrasse s'était dépeuplée. Charlie m'a parlé d'une chanson lui rappelant Papa et qui se terminait par « Rage, rage against the dying of the light. » Il n'avait toujours pas quitté son spencer en cuir rouge, malgré la chaleur. Puis il est allé saluer Teresa la patronne, a réglé la note, prenant son temps pour rejoindre notre table. Je serais bien resté là encore un peu plus de temps, pour profiter du calme. J'ai sorti mon carnet, ai pris quelques notes. L'air était agréable, doux, sans un poil de vent. À la demande de Charlie, Teresa nous a pris en photo devant l'entrée de son établissement. Le montant de son bail commercial a de nouveau été augmenté, fortement. Découragée, elle songe sérieusement à fermer son établissement, pour toujours. Ce qu'elle fera, début 2020.

On a ensuite remonté Montague Street jusqu'à Columbus Park, dominé par le bâtiment stalinien de la Cour suprême de Brooklyn. Les boutiques étaient peu fréquentées à cette heure. Il y avait une agréable odeur de tilleul dans les rues. De rares jeunes femmes séduisantes passaient en robes légères.

Intarissable, Charlie m'a appris quelques mots du jargon fleuri des serveurs et barmen de New York dans les années 1940 et 1950, le *soda jerk lingo*. Dieu sait où il avait pu piocher ça. En tout cas, ça le faisait marrer. *Java* désignait un café ; *scandal soup* une tasse de thé ; un *Coney Island chicken* était un hot-dog ; *Irish cherries* signifiait carottes ; *cry cherries* oignons ; et pour l'eau, *city cocktail* ou encore *dog soup*.

Cet instantané pris à Brooklyn Heights, où nous sourions de façon idiote, je l'ai depuis glissé dans mon portefeuille. Elle ne me quitte plus. J'y ai inscrit au verso les quelques paroles de la chanson de John Cale. Il s'agit d'un poème de Dylan Thomas, pilier de la mythique White Horse Tavern, qu'il avait mis en musique. Et dont notre père ignorait jusqu'au nom.

BODY AND SOUL

Ça s'est passé par une splendide matinée du printemps finissant, à Stamford dans le Connecticut. La veille, elle avait organisé une fête, comme chaque année, dans sa vaste résidence surnommée Treetops, pour que les invités triés sur le volet admirent ses centaines de jonquilles en fleur, en échangeant les derniers ragots. Sur les coups de 10 heures, après avoir avalé un verre de vodka, elle a entamé sa deuxième bouteille de Bolla Soave, un vin blanc de Vénétie, tout en avalant une dizaine de somnifères. De sa voix grave et fatiguée, elle a alors fredonné en soupirant quelques airs qui avaient fait sa renommée à la fin des années 1920 et dans les années 1930, à l'apogée du Jazz Age :

> « My heart is sad and lonely
> For you I sigh, for you dear only.
> Why haven't you seen it ?
> I'm all for you, body and soul. »

Elle a ensuite tourné la clef de contact de sa Rolls bleu acier, après avoir pris soin de baisser le rideau du garage et de demander à sa secrétaire de ne la déranger sous aucun prétexte. Premiers maux de tête, nausée, sensation douce de vertige, convulsion du bras gauche. Une dernière lampée de vin.

Le 18 juin 1971, un peu avant midi, la chanteuse et comédienne Libby Holman disparaissait dans les vapeurs de monoxyde de carbone, cinq ans après la mort de celui qui fut son meilleur ami et son complice intime, Montgomery Clift.

Elizabeth Lloyd Holzman, fille d'émigrés juifs allemands, née le 23 mai 1904 à Cincinnati dans l'Ohio, avait soixante-sept ans.

Depuis lors, Libby Holman est tombée dans l'oubli. On trouve encore son nom et sa voix dans des florilèges discographiques illustrant la décennie flambante et rugissante, les *Roaring Twenties*, ou dans des ouvrages sur les *Flappers* qui ont marqué l'ère de la prohibition, auprès de Louise Brooks, Gabrielle Chanel, Zelda Fitzgerald. Autant de femmes papillons libres, émancipées, excentriques, fêtardes, frivoles, provocatrices, à l'heure de ce qu'on a appelé le *Sex O'Clock in America*. Il n'est pas certain que Charlie ait entendu parler de Libby, ni même des deux films inspirés par son drame conjugal suivi d'un meurtre, où elle était incarnée par Jean Harlow, puis par Lauren Bacall dans les années 1950.

La première fois que j'ai entendu son nom, c'était il y a quelques années, au cours d'une émission de radio sur le jazz. Elle y figurait entre son idole de jeunesse Bessie Smith, qu'elle avait vue sur scène à quatorze ans, et d'autres grandes interprètes, qui avaient inscrit à leur répertoire *Body and Soul* : Billie Holiday, Sarah Vaughan, Ella Fitzgerald, plus tard, Cassandra Wilson. Libby Holman, annoncée sur les ondes comme la première Blanche à avoir chanté le blues, avait enregistré de sa voix grave cette ballade arioso, dès 1930, extraite d'une revue à succès de Broadway, en demandant au parolier d'en modifier les couplets pour les rendre plus torrides. La National Broadcasting Company avait interdit alors sa diffusion sur les ondes, pour obscénité.

Libby Holman avait un visage rond aux joues charnues, une petite bouche à la Betty Boop, un nez de poupée, et de la braise dans les yeux ; elle aimait les tenues racoleuses et avait mis au goût du jour, la *strapless dress,* robe sexy et décolletée, à fines bretelles, découvrant les épaules et le dos. Sitôt arrivée à New York, au milieu des années 1920, on l'avait surnommée The Statue of Libby.

Elle m'est réapparue alors que j'étais parti sur les traces cubaines de Sartre et de Beauvoir. Je me renseignais alors sur les célébrités qui étaient descendues à l'hôtel Nacional de La Havane. Sur la photo, mal cadrée, elle semble radieuse, avec un regard tendre, aux côtés de Montgomery Clift, par une journée de l'automne 1954, dans les jardins luxuriants du promontoire qui domine la baie. Par la suite, je me suis ensuite procuré les rares CD d'elle qu'on pouvait dégoter, notamment un florilège où elle apparaît sur la pochette, la moue boudeuse et la pose hautaine, dans un médaillon kitsch, et sous-titré : The Scandalous. Sa voix de contralto nous y offre une sublime version du blues *The House of the Rising Sun*. C'est la bande musicale parfaite pour les dimanches d'été, où l'on écoute, dès le réveil, *Cooking Breakfast for the One I Love* et *Am I Blue ?*, en rêvant aux gramophones d'antan.

C'est en 1929 qu'elle s'était fait remarquer dans une revue musicale où elle interprétait le rôle d'une mulâtresse prostituée qui chantait une complainte amère et bluesy, en se traînant aux pieds de son marlou. *Moanin' Low*, qui semblait échappée d'un cabaret des bas-fonds. Dès lors, elle était devenue la *torch singer* par excellence, doublée d'une femme fatale, avec son répertoire de refrains sirupeux et tragiques déplorant les amours brisées ou impossibles. Sous le charme, Scott Fitzgerald la fit alors apparaître dans une de ses nouvelles.

Rapidement, les magazines féminins l'affichent en couverture, le savon Lux lui propose un mirifique contrat publicitaire. On l'invite à se produire dans le temple de Harlem, l'Apollo Theater. Les amants se succèdent, les autres attendent leur tour ; elle fait son entrée dans la Café Society, club de riches excentriques New-Yorkais, de jeunes comédiennes de Broadway, d'artistes de la bohème, et se lie avec le chroniqueur caustique de cette jet-set avant l'heure, Lucius Beebe, surnommé Luscious par Libby, l'homme aux cinquante costumes, qui se lavait les dents au chablis. Tout pour le glamour, la luxure et la parade clinquante.

À vingt-cinq ans, Libby sera la reine fantasque des scènes de Broadway et de la grande parade du tréteau, la princesse brune et lascive de la Big Street qui flirtait avec la crapulerie de luxe, pour quelques années encore. Quelques mois plus tôt, elle avait quitté le bordel le plus chic de New York, dans le West Side de Manhattan, dirigé par Polly Adler, née dans un shtetl de Biélorussie, protégée de Lucky Luciano, le futur chef suprême de la pègre. La matrone, surnommée la Jazz Age Madam, affirmait à l'époque que le seul péché impardonnable à New York, c'était la pauvreté.

Le languissant *Moanin' Low* fut le premier succès de Libby Holman.

> « Moanin' low, my sweet man I love him so
> Though he's mean as can be
> He's the kind of man
> Needs the kind of woman like me. »

En l'espace de quelques mois, grâce au prestige de la rampe, elle fait deux rencontres décisives. La première, avec Louisa d'Andelot Carpenter, issue de la dynastie du Pont de Nemours. Une lesbienne de vingt-deux ans, fraîchement mariée par convenance, éprise de théâtre, de chasse au gros gibier, de pur-sang, et qui deviendra une des premières Américaines à piloter un avion. Leur idylle prendra naissance sur le yacht de son père, amarré sur la rive nord de Long Island, à Port Washington. Pour de longues années, elles deviendront inséparables.

Subjugué par le sex-appeal et la voix de Libby, le jeune Smith Reynolds lui déclare sa flamme après l'avoir rejointe à North Hempstead, dans la baie de Manhasset, à l'ouest d'Oyster Bay, où il avait posé son hydravion, dernier en date de ses jouets d'enfant gâté. À vingt ans à peine, ce garçon introverti est l'héritier désigné de l'empire de tabac R. J. Reynolds Tobacco Company bâti par son père, à qui l'on doit la commercialisation des cigarettes préroulées et les Camel, et qui figure au palmarès des plus grands millionnaires des États-Unis. Libby Holman est séduite sur-le-champ. Le 16 novembre 1932, elle l'épouse dans la plus grande discrétion.

Smith Reynolds ne quitte pas son pistolet Mauser semi-automatique calibre 7.65, et initie Libby au maniement des armes. Malgré les tensions naissantes et les désaccords, la jalousie maladive de l'époux et ses défaillances sexuelles, le couple officialise son union dans le domaine de

400 hectares du clan Reynolds en Caroline du Nord, enchaînant fêtes débridées sur débauches de chant et d'alcool, où sont conviés les amis new-yorkais de Libby, qui s'ébrouent sur les rives du lac Katherine. La presse populaire en fait ses choux gras, traitant la chanteuse de femme exclusivement intéressée par l'argent, de prédatrice de riches, et même de *damned Yankee Jewess*.

Latente, la crise éclate, c'est la quadrature du couple : querelles, esclandres, verres brisés, cris hystériques de Libby au vu et au su des amis. Smith lui déclare : « Si je te quitte, tu seras malheureuse. Et je n'arrive pas à te rendre heureuse. » Elle lui demande d'arrêter. En rage et en pleurs, il reprend la scène un peu plus tard, force son rôle, après sa séance de tir : « Tu t'éloignes de moi… Tu me négliges. » Il le lui répète, alors qu'ils sont montés dans la chambre. En ajoutant : « Je crois que je ne vais pas bien dans ma tête. Laisse-moi, je t'en supplie ! »

Le mercredi 6 juillet 1932, à 1 heure du matin, un coup de feu éclate au premier étage. Smith Reynolds est seul, étendu sur le lit conjugal, le crâne en bouillie, une balle logée dans la tempe droite. Suicide ? Accident ? Meurtre ? Aucune de ces hypothèses n'a été formellement retenue par l'enquête policière ; trop d'indices, de témoignages, d'éléments contradictoires ou incohérents rendant le jugement impossible.

Pourtant, les soupçons se portent sur Libby, accusée d'homicide, et déclarée coupable par la presse et l'opinion publique. Après son assignation à résidence, elle fuit la Caroline du Nord pour retrouver sa mère dans une bourgade du Delaware, où la fidèle Louisa Carpenter, qui avait payé sa caution, la rejoint. La plupart de ses amis lui tournent le dos ; elle était une parvenue, elle sera une paria.

S'ensuivent pour Libby, quelques mois après la naissance du petit Christopher, dit Topper, le bébé le plus riche d'Amérique, des années de galère, avec des prestations dans des opérettes bâclées, des pièces mineures, des shows au rabais. Puis, sur la pointe des pieds, elle fait son retour à Broadway, soutenue par ses plus fidèles alliés, dont l'hydrophobe Lucius Beebe, et l'ex-danseuse des Ballets russes, Tamara Geva.

Libby fréquente les clubs chics de Manhattan, El Morocco, le Colony, et le 21 Club, lieu mythique de la 52e Rue, où Donald Trump fêtera sa victoire à l'élection présidentielle de 2016. C'est là, dans ce restaurant clinquant, à deux pas du MoMA, que Charlie avait dans un premier temps envisagé de fêter en grande pompe nos retrouvailles : j'avais refusé, n'ayant absolument aucune envie de me rendre dans ce quartier de Manhattan. Je savais qu'Edie Parker, la première femme de Kerouac, vendait des cigarettes dans ce club, en 1944, l'année de leur mariage.

En 1935, l'année de la création de *Porgy and Bess*, entre opéra et comédie musicale, Libby donne plusieurs récitals au Club Versailles, où elle apparaît sur scène à partir de minuit, moulée dans une robe noire de velours parsemée de gardénias blancs, pour interpréter ses succès d'hier : *Am I Blue ?*, *Moanin' Low*, *In the Dark*, *You Let Me Down*, *A Woman is a Sometime Thing*.

La voix de celle qu'on surnomme alors la chartreuse chanteuse a perdu en ampleur, mais a gagné en intensité dramatique. De quoi en remontrer aux jeunes talents ambitieux – et ils sont nombreux – qui font irruption dans la ménagerie du music-hall et de la complainte chantée.

Depuis sa découverte, j'ai passé de longues heures à l'écouter, cette romance piquante et languissante, avec ses glissandi de guitare et ses cuivres espiègles. Personne, y compris ses plus illustres rivales qui la reprendront par la suite, ne lui a donné une telle présence intime, charnelle ; prélude à une petite joie volage.

> « Am I blue, am I blue
> Ain't these tears in these eyes telling you
> Am I blue, you'd be too. »

Trois ans plus tard, à l'abri du besoin grâce à l'héritage de Reynolds, Libby se fait construire à Stamford un manoir de style néo-géorgien comportant une quinzaine de chambres et une dizaine de salles de bains. Ce sera, jusqu'à la fin, son refuge et sa patrie, où cet ange noir aurait voulu arrêter le temps.

Après un nouveau mariage raté, définitivement clos – une nouvelle fois – par la mort tragique du jeune époux, Ralph Holmes, par suicide, Libby s'est rapprochée du guitariste de country blues Josh White, que Simone de Beauvoir verra sur la petite scène d'un club de Sheridan Square, en 1947, alors qu'il étrenne une nouvelle chanson dédiée aux époux Roosevelt, ses protecteurs.

Le nouveau duo se fait remarquer au Village Vanguard et au Blue Angel, avec un répertoire qui enchaîne *Strange Fruit*, *Fare Thee Well*, *Evil Hearted Me* et *Good Morning Blues*, repris dans un enregistrement de 1942. Leurs prestations hors de New York se heurtent la plupart du temps à la désapprobation du public face à ce couple mixte, inédit sur scène à l'époque.

C'est dans ces années-là qu'elle adopte deux jeunes enfants et entame une vive amitié avec le couple formé par Paul et Jane Bowles, dont elle sera l'intime, surnommée Janie la dingue. De Paul Bowles, natif du quartier de Jamaica, elle chantera deux mélodies dans un film expérimental, *Dreams That Money Can Buy*, dans lequel un poète new-yorkais survit à grand-peine en vendant des rêves et des interprétations oniriques. Cette première apparition à l'écran est remarquée pour sa prestation aux côtés de Josh White dans l'étrange *The*

Girl with the Pre-Fabricated Heart, qui semble annoncer les couplets déglingués de Tom Waits, avec trente ans d'avance.

Le charme et le charisme diabolique de Libby n'ont pas laissé insensible Tennessee Williams, qui songe même à elle pour la nouvelle pièce qu'il vient de terminer, *Un tramway nommé Désir*, avant de changer d'avis. Quelque mois après sa première représentation, la belle hédoniste chantera au Café James les poèmes de son cycle *Blue Mountain Ballads*, mis en musique par Paul Bowles, dont le ragtime *Sugar in the Cane*.

Sa voix, disait Tennessee Williams, faisait penser à celle d'une sirène en chaleur.

« I'm sweet sugar in the cane,
Never touched except by rain.
If you touched me God save you,
These summer days are hot and blue. »

Aux liaisons torrides succèdent les coups de foudre sans lendemain, la valse tourbillonnante des pantins de l'amour, entre deux séjours chez les Bowles, à Tanger. C'est là qu'elle s'entiche d'un drame rural de García Lorca : *Yerma*, ce qui sans doute la pousse à parcourir l'Andalousie en compagnie de ses enfants adoptés, avant de s'installer en France pour un an, dans un château à Louveciennes, d'où elle relance Bowles, le poussant à composer un opéra inspiré de la pièce de Lorca, avec l'ambition de le faire jouer à Broadway.

Entretemps, le destin s'est une nouvelle fois acharné : son fils Topper a fait une chute mortelle lors d'une escalade en Californie. Il avait dix-sept ans. Libby est l'héritière unique de JR Reynolds, désormais frappée d'une étoile noire.

C'est dans les bras de Montgomery Clift qu'elle éprouvera un fragile apaisement, un baume qui bientôt va s'évaporer. Le couple fuit l'Amérique. Elle se confie : « Mes tristesses et mes malheurs m'ont rendue acariâtre. » On retrouve les amants à Paris, en 1957. Clift souffre des séquelles de son terrible accident de la route. Leur quartier général est le Harry's New York Bar de la rue Daunou. C'est là qu'elle avait dansé sur les tables en roucoulant, lors de son premier séjour parisien, en 1926. Jane Bowles, sur laquelle elle veillera jusqu'à la fin, une fin misérable dans un hôpital psychiatrique de Malaga.

En juillet 1958, *Yerma* est donné pour la première fois, non pas sur une scène de Broadway, mais à Denver, Colorado. Il ne s'agit pas d'un opéra, mais plutôt d'une zarzuela, plus légère et enjouée. À cinquante-quatre ans, malgré sa voix émoussée, Libby chante le rôle-titre de la jeune lavandière. Quels furent l'accueil du public et la réception de la critique ? Quelles étaient les couleurs orchestrales ? L'intensité des arias et des récitatifs ? On ne le saura probablement jamais ; la création de l'œuvre n'ayant pas donné lieu à une captation, et l'opéra par la suite n'ayant jamais été représenté ou même enregistré au disque.

Nous voilà en 1960. L'année précédente, elle s'est éprise d'un sculpteur et muraliste new-yorkais d'origine roumaine, Louis Schanker, qui vivait à Sag Harbor. Ils se marient en Jamaïque après avoir acheté une maison flambant neuve au bord de l'Océan, à East Hampton, et Libby quitte provisoirement la scène.

En juillet 1964, alors qu'elle prépare son voyage dans le Japon des temples zen, elle donne au John Drew Theater d'East Hampton (aujourd'hui le Guild Hall, qui accueille chaque année le Festival de cinéma des Hamptons) ce qui sera son dernier concert, et, dit-on, sa meilleure prestation. Elle avait alors déclaré à la presse : « Le public a toujours été mon meilleur partenaire, c'est-à-dire mon meilleur amant. »

À plusieurs reprises, on m'a demandé quel serait mon disque à emporter sur une île déserte. Je n'en ai aucune idée, mes préférences changeant avec le temps, au fil des découvertes et des revirements de goût. Toutefois, je suis à peu près certain que son ultime enregistrement, *Libby Holman Sings Blues, Ballads and Sin Songs*, figurerait sur la liste. Ne serait-ce que pour l'atmosphère désabusée de *Fare Thee Well* ou de *Careless Love*, et le lamento de

Johnny Has Gone Far Away, qu'elle a inlassablement chantés sur scène. Sur la pochette, elle est caricaturée sur fond bleu outremer, la bouche tordue, ses cheveux noirs crêpés encadrant son visage, les yeux levés au ciel, dans une pose pleine de de mélancolie, une déploration, presque. Le blues chargé de toute sa splendeur ténébreuse et sensuelle.

Sa présence fantomatique m'est encore familière ; elle appartient à cette espèce de femmes sensationnelles que j'aurais aimé connaître, malgré mon manque d'intelligence sentimentale. C'était l'histoire agitée d'un être qui n'a jamais triché avec ses sentiments ou éclipsé ses pulsions profondes, une femme sans fard qui a ajouté une nouvelle page au grand roman musical américain.

Libby Holman connaissait-elle cette confidence de jeunesse de Paul Bowles : « Le départ est toujours plein de mystère, mais l'arrivée est déjà chargée de douleur » ?

BRIGHTON BEACH EXPRESS

Je devrais voyager plus souvent, me rapprocher davantage des îles. On y est, dit-on, au bord de soi-même, à travers des miroirs, des aubaines, des moments de surprise, fugitifs. Le grand corps liquide et son rythme nous ramènent à cette impulsion d'horizon qui nous saisit quand on s'y attend le moins. Alors il faut partir, laisser derrière soi l'écume des jours, la tourbe de toutes ces nuits gâchées, la peur des lendemains, dans la fureur et l'alcool.

Je repensais à tout cela en posant le pied sur les planches de bois de la promenade, face aux premiers souffles de l'océan, après avoir emprunté la Stillwell Avenue en sortant du métro. Le fond de l'air était tiède sous un ciel épanoui, une bande d'adolescentes en mini-shorts et le nombril à l'air braillaient ce qui devait être la dernière chanson à la mode ; ça sentait la gaufre, l'essence tiède et le sucre brûlé. À une dizaine de mètres au-dessus du sol, quelques mouettes molles offraient en silence une farandole, comme au ralenti. C'étaient des fragments du monde, fictifs comme la réalité de ce qu'on appelle le monde ou la vie.

Je me sentais bien, vidé de mes pensées. Inutile de griller une nouvelle cigarette.

Charlie et Anastasia m'attendaient vers 16 heures, sans avoir précisé si la cousine Gerli serait présente ou non. J'ai pris mon temps et suis descendu non pas à la station surélevée de Brighton Beach, à deux pas de leur domicile, mais à Coney Island, terminus des lignes D, F, N, et de la Q, anciennement Brighton Beach Express, qui part de Manhattan, au sud de Spanish Harlem. Et ce décor immuable de part et d'autre des rails : immeubles ocre cendré, jardins négligés, voies de garage, cabanes de tôle ou de bois, piles de parpaings, fondrières débordantes de gravats, anciennes fabriques crevassées surmontées de panneaux publicitaires. En sortant, plutôt que de tourner à gauche, j'ai poursuivi mon chemin sur la droite, intrigué par un bâtiment que je ne reconnaissais pas. L'amphithéâtre Ford, pratiquement les pieds dans l'eau, qui accueille concerts et spectacles, apparemment ouvert depuis peu.

Dans les bancs de brume de ma mémoire, s'élevait ici une sorte de palais dans le style néocolonial espagnol aux murs lardés de lambeaux de terracotta, et frappés de bas-reliefs inspirés du monde marin, qui avait été transformé un temps en une fabrique de marshmallows, à laquelle a succédé une piste de patinage à roulettes. Seule la silhouette du bâtiment a été conservée par les nouveaux architectes.

Et puis, brutalement, les vers entêtants d'*A Coney Island of the Mind* de Ferlinghetti, l'éditeur d'Allen Ginsberg, ont resurgi, ceux-là que j'avais récités ici même à ma compagne d'alors, quinze ans auparavant : « And this is not the place/ that you change trains / for the Brighton Beach Express. » Mais je n'en ai pas retenu l'émotion.

L'envie m'est venue de rebrousser chemin, de sauter dans un taxi et de regagner Pierrepont Street. De longues minutes ont passé, le regard sur la ligne de fuite de l'horizon. Je me voyais à contre-courant de moi-même, dans un contre-cœur dont je n'arrivais pas à me débarrasser. Que faire ? Le téléphone a sonné : Charlie et Anastasia s'impatientaient. Ils attendront.

Et l'envie d'envoyer valser tout ça.

Finalement, c'est Gerli qui viendra me prendre en voiture sur Neptune Avenue, au niveau de la 17e Rue, devant la cave à vin Best Buy Liquors. Je ne reculerai donc pas devant mon destin… Et peut-être, qui sait ? J'aurai ce petit frémissement…

À quoi ressemble cette Balte, et quel âge pouvait-elle avoir ? Est-elle aussi timbrée qu'elle en a l'air ? Elle attendra elle aussi. Et d'où vient son prénom, qui se prononce comme l'anglais *girly* ? Ou Guerlain.

Malgré la foule, j'ai repris le chemin de la plage, trempé mes pieds dans l'eau froide, admiré la témérité des nageurs solitaires et âgés, et regardé encore le roulis des flots écumant en me bouchant les oreilles. Puis, je me suis arrêté devant le panneau de la jetée longue de trois cents mètres, Pat Auletta Steeplechase Pier. Un rappel historique indiquait que le ponton, bâti à la fin du XIXe siècle, quand Coney Island et son populaire Luna Park formaient la grande cour de récréation de l'Amérique, avait été détruit ou endommagé à plusieurs reprises ; la dernière fois en 2012, par l'ouragan tropical Sandy.

Cocteau s'était bien amusé ici, dans cette île heureuse de la jeunesse, parmi la foule et les gosses effarés par leur propre joie, voilà près de 80 ans, alors qu'il bouclait son tour du monde. Avant d'embarquer sur *L'Île-de-France*, le petit frère du *Normandie* qui l'avait accompagné lors de la première traversée en 1935, cap sur Le Havre, il écrit :

« Un brouillard maritime de perle recouvre Coney Island, cache ses architectures de carton-pâte et ne laisse voir que leur squelette ourlé de lampes blanches. Une Constantinople de féerie échelonne à perte de vue des belvédères, des flèches, des minarets et des dômes. Le parc ferme. Nous sautons dans le dernier wagon des montagnes russes. Il précipite notre demi-sommeil dans un vertige de constellations, dans une chevauchée vaporeuse qui fauche les tripes et coupe le cou. Le parc ferme, mais ce parc est un square dans la ville et la ville ne ferme aucune de ses boutiques qui vendent des sensations, des jeux d'adresse, des portraits-souvenirs, des saucisses chaudes, des glaces, du maïs, des tickets de musées criminels et de phénomènes. »

On l'imagine bien, le poète bientôt quinquagénaire, étourdi au milieu des attractions, des phénomènes de foire, des parades, des peep-shows et des stands de tir de cette Fête à Neu-Neu sur l'Atlantique, excité par la jeunesse débraillée, les reines de bals et les galopins à casquette, dans les relents de pop-corn, de saucisse grasse, de cacahuètes grillées et de barbe à papa (*cotton candy*), épiant les éphèbes, les jeunes filles à moitié ivres.

Une vingtaine d'années auparavant, c'est Sergueï Prokofiev, à quelques jours de ses débuts new-yorkais au Brooklyn Museum, qui avait cédé à la tentation des toboggans et aux sensations des montagnes russes de Luna Park, que les Russes appellent Montagnes américaines, après sa découverte des rives de l'Atlantique, dans les échos d'une fanfare de l'Armée du salut. Quelques semaines plus tard, au sortir de son récital de Carnegie Hall, il fait la connaissance de la soprano Lina « Ptachka » Codina, une Hispano-Russe, sa première inspiratrice.

Un peu plus loin, Cocteau rapporte ceci :

« Je la reconnais, cette fête foraine de cauchemar où de jeunes gens peuvent s'aimer et se perdre. Je m'y plonge. Et voici les photographes qui développent à la minute, et voici les carrousels de coursiers persans qui tournent dans un bar planté d'arbres, et voici les monstres que Shanghai fabrique en série, déformant les membres de l'enfance pauvre dans des carcasses de bronze et distribuant aux managers de petite zone, les androgynes, les hommes planches et les femmes tortues. »

Ce monde-là, celui d'avant la guerre, a disparu. C'est aussi celui qu'avait connu ce diable de Jules Pascin, dans de magnifiques aquarelles, à la fin des années 1910, alors qu'il s'était installé à Columbia Heights, le quartier où John Dos Passos achèvera son *Manhattan Transfer. Vanishing New York.* Coney Island, la *Sodome by the Sea*, maudite par les puritains. Le Coney Island populeux et bon enfant de Cocteau, photographié ensuite par Weegee, a sombré en 1944, suite à un incendie. Une époque révolue, et dont je pourrais avoir la nostalgie.

En traversant Neptune Avenue, j'ai failli me faire renverser par une voiture, le même modèle que celle de Charlie. Une jeune femme blonde à frisettes avec un serre-tête blanc et de grosses lunettes fumées a hurlé mon nom par la vitre baissée après avoir donné de grands coups de klaxon. C'était Gerli, à n'en pas douter. Comment m'avait-elle reconnu ? Elle s'est garée un peu plus loin, est sortie du véhicule, en m'interpellant : « Tu as failli mourir, par ma faute ! Tu me pardonnes ? Je m'appelle Gerli. Enchantée. Désolée pour le retard. » Sa démarche était souple, bien hanchée, à vous tourner la tête. J'attendais un baiser, et ce ne fut qu'une poignée de main indifférente et un sourire mou. On a quitté la boutique avec trois bouteilles de vin blanc sec d'Argentine, une demi-bouteille de vodka Brooklyn Republic (choisie non pas pour son goût, mais pour le nom) et des chips pimentées. Plutôt grande, élancée ; elle portait un chemisier en lin blanc décolleté jusqu'au milieu du ventre, un pantalon blanc trop large, et aux pieds de gros croquenots marron, racornis, ferrés à la pointe. Après de longues minutes de silence, elle a relancé la conversation.

– Tu aimes la musique ?

– Tout le monde aime la musique. Ça dépend laquelle.

– Alors je vais te faire découvrir quelque chose d'autre, mais il faudra prêter l'oreille.

– Dans le tintamarre de la circulation ?

– Si tu ne supportes pas, tu le dis, de toute façon, on en a pour vingt minutes, pas plus.

Elle a remonté les vitres, mis en route la climatisation, a glissé un CD dans le lecteur. Rien. Au bout de trente secondes, on a entendu comme une brise de vent, un murmure de feuilles. Et puis ça s'est mis à piailler, de plus en plus fort, avec des aigus très brefs. Un chant d'oiseau. Puis des trilles virtuoses, des sifflements chromatiques, à vriller les tympans. Je m'attardais sur son visage rond et plein, ses yeux joliment azurés, ses mèches cendrées sous la lumière, une paire de dormeuses grenat pendues à ses oreilles.

– Alors, qu'en penses-tu ?

– C'est le genre de musique que tu passes pour te détendre ?

– C'est le chant nuptial d'un *formicivora grisae* de la forêt colombienne. En français, c'est le grivin de Cayenne, je crois. Une sorte de passereau se nourrissant de fourmis.

– Si tu le dis... Serais-tu ornithologue ?

– C'est mon métier et c'est ma passion. Voilà près de dix ans que je parcours le monde pour les observer, les écouter, les enregistrer, les protéger, en les aimant, en les admirant. Oiseaux, *uccelli, pájaros, ptitsy, linnud, vögel, pássaros...*

L'expression « buveurs d'azur » m'est soudainement revenue à l'esprit. J'admirais la belle délicatesse de son profil.

– New York et les oiseaux, ce n'est pas vraiment le mariage idéal.

– Détrompe-toi : la ville offre beaucoup de surprises. Il suffit d'être attentif. Le littoral de Long Island, vers la South Fork, et Peconic Bay, sont de bons champs d'études pour cela. J'ai vécu plus de deux ans à Brooklyn avec mon premier mari, dans le quartier agréable de Park Slope, avant mon retour en Estonie, pour y être seule et sans attaches. J'avais fait le choix d'une petite île, à l'ouest de Tallinn. J'y ai acheté une maison de bois sur les hauteurs, près d'un phare carré, entourée de grands pins, de bouleaux et de genévriers. Les conquérants suédois l'avaient appelé l'île de l'Aurore.

– Et le deuxième mari ?

– Celui-là n'a pas encore montré le bout de son nez. Peut-être apparaîtra-t-il un jour... Et toi, que fais-tu dans la vie ?

– Ce que je fais de ma vie ? L'histoire est plutôt emberlificotée... Au fond, je ne sais pas trop. Disons pour faire court que je suis sur la voie de la rédemption.

– Oh, je vois. Rédemption : vous n'avez pas peur des grands mots. C'est prétentieux, non ? Encore une âme perdue à sauver... En attendant, et après la cérémonie de mariage des tourtereaux, on pourrait faire un tour du côté de Sag Harbor et de Plump Island. Je vous ferai découvrir des choses insoupçonnées. On y trouve même quelques vignobles. Vous seriez partant ?

– Avec le plus curieux des plaisirs.

– On partira aux aurores.

– Ce sera mon heure, et ma joie.

Elle portait une curieuse chevalière à l'annulaire droit. Une tête d'animal taillée dans l'ivoire, que je ne parvenais pas à identifier. Ou plutôt la représentation d'un crâne poli, encadré de deux ailes à moitié déployées. Un crâne de piaf, sans bec ? Toujours est-il que jamais je n'avais vu des doigts si fins et si légers.

C'était la première fois qu'une femme inconnue m'inspirait cette pensée : elle est belle à surprendre l'âme.

L'Estonie, je m'y étais vaguement intéressé une fois que Charlie s'y était installé. Flottaient des senteurs d'airelles et de canneberges, des échos de la musique simplement dépouillée, lente et répétitive d'Arvo Pärt, des images attrapées ici ou là, le long du golfe de Finlande, des visages de jeunes filles blondes aux nattes tressées, quelques gamins déguisés en lutins, des étendues boisées et blanches. Un petit pays de 1,3 million d'habitants, la plus petite des ex-Républiques soviétiques, après l'Arménie, frontalière avec la Russie, qui a retrouvé son indépendance, perdue en 1940, le 20 août 1991. Après avoir été dominée par les royaumes du Danemark, de Suède, puis par l'empire russe dès le début du XVIIIe siècle, comme les autres provinces baltes, où le protestantisme est majoritaire. On y parle essentiellement l'estonien, et le russe, pour le quart de la population. Désormais, l'Estonie avait le visage et la couleur de Gerli, qui m'avait soutenu mordicus qu'un de ses lointains ancêtres avait été maître de ballet à la cour du tsar Alexandre II.

Charlie et Anastasia étaient avachis sur le canapé capitonné du salon, occupés à s'amuser avec le chien qui ne cessait de japper. Lui, débraillé comme d'habitude et en caleçon, elle, vêtue d'un court kimono couleur de mandarine.

– On ne vous dérange pas ? On peut faire un tour en attendant, si vous préférez, et on reviendra plus tard. Gerli a des histoires d'oiseaux à me raconter.

– Mettez plutôt les bouteilles au frais, qu'on se rince enfin la gueule, et apportez les gourmandises. Pour les roucoulades, vous aurez bien le temps.

Charlie portait le maillot blanc des New York Yankees, froissé, taché aux manches. J'ignorais cette passion pour le base-ball. Lui qui avait toujours été nul aux jeux de balle, y compris au Jokari, malgré les conseils de notre père, qui avait remplacé les deux raquettes de bois que mon frère avait fracassées, par de gros barreaux de chaise vernis.

Quelque chose clochait, la conversation ne prenait pas. Charlie était d'une humeur exécrable. Notre quatuor était disparate, et ne jouait pas à l'unisson. Je ne sais plus à quoi je pensais ; des bouts de phrases, des bribes de voyelles, passaient entre mes oreilles après un bref moment de suspension ; on aurait pu les voir flotter dans l'air. Anastasia parlait pour ne rien dire ; Gerli a fait un léger écart lorsque je me suis rapproché d'elle sur le canapé. Une nouvelle fois, elle a regardé sa montre. C'était contrariant, cette mise à distance. J'aurais aimé voir de plus près la bague qui embellissait son annulaire.

Une quinzaine de minutes plus tard, le carillon de la porte d'entrée a résonné. Quatre brèves stridences. Charlie s'est levé en vitesse, sans être surpris, a enfilé un jean. On percevait distinctement deux voix graves venues de l'extérieur, deux voix menaçantes accompagnées de claquements de doigts. Je reconnaissais le timbre particulier de Charlie, ne cessant de répéter « OK, OK. Zavtra. Tomorrow, tomorrow morning ». Et la porte a claqué.

– Que se passe-t-il ? Tu as des problèmes ?

– Ce n'est rien. Un truc à régler avec des amis.

– Drôles d'amis !

– Drôle de truc, surtout.

– Et tu ne veux pas nous en dire plus ? Ne me dis pas que tu rejoues au poker.

– Occupe-toi de tes affaires... Parlons d'autre chose. J'ai soif. On va goûter ce petit vin blanc. Très bonne idée, Gerli !

Un long silence a suivi. Puis Charlie a vidé son verre d'un trait, puis un autre, pendant qu'Anastasia se répandait en chattemiteries et en mignardises, susurrant quelque chose comme : « Kotenok, kotenok ». Je n'osai regarder Gerli, qui s'était postée à la fenêtre, une demi-bouteille de vodka à la main. Elle m'impressionnait. Autre chose : je m'attendais à un dîner de Sardanapale, au lieu de quoi on nous a présenté des amuse-gueules, quelques *dips* de guacamole et de houmous, un bocal de gros cornichons, des bonbons anglais laissés au fond d'une boîte posée sur un pot de beurre de cacahuète.

À force d'insister, Charlie a pris sa guitare pour un petit récital, une belle demi-caisse noire flambante de dégradés orangés, avec des éclisses parfaitement dessinées. Je ne connaissais aucun des airs qu'il nous a chantés, en russe et en anglais. Après une esquisse de danse, Anastasia et Gerli avaient repris en chœur le refrain un peu triste de la première mélodie, rejoint par un de leurs oncles arrivé entretemps à l'improviste. De quoi parlait la chanson ? Gerli m'est venue en aide. Il s'agit d'une mélodie célèbre, tirée d'un film soviétique des années 1970 ; l'histoire d'un homme parti à la recherche de sa bien-aimée dans les rues de Leningrad, et qui demande au frêne, au peuplier, à la lune, à la pluie, aux nuages, s'ils l'ont vue, en se lamentant. « Ya sprosil… Gde moya, lyoubimaya… »

Tout à l'heure, avant de rejoindre Gerli, qui m'avait conté en détail le traditionnel défilé carnavalesque des sirènes et autres créatures marines à Coney Island, la Mermaid Parade, je suis passé devant la plaque d'une rue indiquant Woody Guthrie Way, comme le nom du barde de la Grande Dépression. Charlie, surpris que je m'y intéresse, me l'a confirmé. La Mermaid Parade attire chaque année des centaines de milliers de visiteurs, au moment du solstice d'été. En 2019, c'est Arlo Guthrie, le fils, qui endossait les habits de Neptune, et sa sœur Nora Guthrie, ceux de la reine des sirènes. Le couple formé par Lou Reed et Laurie Anderson, un peu ridicule, s'était prêté à cette mascarade, une dizaine d'années auparavant.

– Woody Guthrie, le sacré Dust Bowl Troubadour, avait vécu là au début des années 1950, à Beach Haven, sur Mermaid Avenue. Mais sa maison a depuis été détruite. Et sais-tu qui était son bailleur ? Un promoteur immobilier sans foi ni loi, sinon celle du fric : Fred Trump, le père de Donald Trump, qui avait été membre du Ku Klux Klan. Il avait massacré à l'époque Coney Island, en rasant puis en bâtissant à tort et à travers, avant d'encaisser les juteux bénéfices. Il a détruit le Steeplechase Park, et a même failli abattre le Parachute Jump. Tu te rends compte ! Son ambition : faire de ce coin de terre un Miami Beach moderne. Et son vaste complexe immobilier, le Trump Village, sur Neptune Avenue, est toujours debout, construit sur l'ancien terminal du tramway. Ce salopard, Guthrie l'a même immortalisé, si l'on peut dire, dans une chanson où il se fout de sa gueule, mais qu'il n'a pas pu enregistrer à cause de sa maladie, fatale : *Old Man Trump*. Je me souviens de quelques bribes :

« Beach Haven is Trump's Tower
Where no black folks come to roam,
No, no, Old Man Trump !
Old Beach Haven ain't my home ! »

Puis il a repris sa guitare, l'a branchée sur un petit amplificateur Vox qu'on aurait pris pour un mini-climatiseur, a fait glisser des accords en douceur, et a enchaîné sur une ballade. *Do-fa-do-fa-ré* mineur-*sol*. Gerli écoutait distraitement, adossée contre l'angle du piano droit, sous un Christ en croix, ses ongles grattant le couvercle encombré de bibelots. Désirable, prodigieuse qu'elle était, pleine d'étincelles intérieures. Déjà je tirais des plans sur la comète.

– Hé, Bro ! Tu m'écoutes, ou quoi ? Il faudrait que tu te décrasses un peu les oreilles. Je te passerai quelques CD. Après la musique de chambre, la musique de garage ! Le son de l'underground, l'écho des bas-fonds.

Charlie avait deux passions, quasi dévotes : l'une depuis l'adolescence était les chansons turbulentes de Lou Reed, qu'il connaissait sur le bout des doigts ; l'autre, plus récente, se concentrait sur les courts-métrages d'avant-garde de Jonas Mekas, celui qui avait filmé le premier concert du Velvet

Underground, alors soutenu par Andy Warhol, à New York en 1966.

Pendant près d'une heure, on a visionné un florilège que Charlie avait concocté en y rajoutant une bande musicale, repassant certains plans à trois ou quatre reprises, tantôt à rebours. Depuis son arrivée à New York au lendemain de la Seconde Guerre mondiale, après avoir quitté la Lituanie et s'être échappé de camps de travail et de réfugiés dans le nord de l'Allemagne, Jonas Mekas, équipé d'une caméra Bolex 16 mm, n'a cessé de filmer sa vie privée et ses rencontres à travers ses *home movies*, à la manière d'une épopée en noir et blanc du quotidien. Il disait ne vouloir saisir que les moments de célébration du bonheur, les scènes où ses amis se réjouissent de la vie.

Charlie, assis en tailleur sur une natte de paille, ne pouvait s'empêcher de commenter les films, de disserter, de nous interpeller chacun notre tour. Toute l'élite intellectuelle américaine des cinquante dernières années défilait, à Manhattan, à Brooklyn, à Montauk, où l'on reconnaît Mick Jagger, Allen Ginsberg, sa protégée Yoko Ono, son amie Jackie Kennedy, Elia Kazan, le poète de Fire Island, Frank O'Hara, Peter Beard... À la fin, il a rembobiné et repassé les images des attentats du 11 – Septembre, filmées par Mekas depuis le toit de son immeuble, à SoHo.

Barbé et gavé, je suis descendu dans la rue pour fumer une Lucky Strike. L'oncle des cousines avait quitté les lieux. Un homme curieux aux yeux bouffis, les traits marqués et cabossés, ayant interrompu sa carrière de funambule après un grave accident à deux pas de la frontière russe, entre les tours des forteresses de Narva et d'Ivangorod.

À mon retour, comme on pouvait s'y attendre, sous le regard bêtement attendri d'Anastasia, alors que Gerli me fuyait toujours, une cuillère plantée dans un pot de glace aux noix de pécan, Charlie s'est lancé dans une tirade pour le moins alambiquée : « Tout a un retentissement, et pas seulement le cinéma. Oui : tout a un impact. Mais aujourd'hui, nous sommes entourés d'images, impossible d'y échapper. La culture, enfin, la culture contemporaine, nous submerge de ces images qu'elle nous impose. On ne connaît plus d'autre réalité… On ne connaît la réalité que par l'intermédiaire des images. Du coup, nous avons perdu le contact avec la nature, et nous essayons tant bien que mal de le restaurer… L'être humain est une créature irrationnelle qui ne fait rien pour son propre bien, à moins d'y être contraint et forcé. À moins de se retrouver coincé. Lorsqu'on est coincé au fond d'un cul-de-sac, il faut bien pouvoir repartir et faire demi-tour… J'espère que ce sera possible. Mais je crains que l'humanité ne soit trop stupide. Non, vous ne trouvez pas ? Qu'en pensez-vous ? »

On n'en pensait rien du tout : on en avait marre. Des toasts sans fin avaient été portés à l'Amérique et à l'amitié franco-américaine, à l'amour, aux beautés de l'Estonie, le plus septentrional des pays baltes, à la santé des futurs mariés, aux chemins de la liberté, à la poésie russe, à Shteyngart – était-ce le patronyme de l'oncle ? –, jusqu'aux oiseaux et à la paix universelle. Le répertoire des hommages s'était épuisé, et j'avais l'air un peu con avec mon verre d'orangeade à la main.

Gerli s'est éclipsée dans la cuisine pour rejoindre Anastasia qui brossait les poils du chat angora, les pattes en l'air sur le parquet vitrifié, un élastique pendant de sa gueule. J'ignore pourquoi cette impression s'est imposée, mais je voyais distinctement deux femmes vénéneuses, d'une espèce inconnue, et qui complotaient en silence. Un duo d'artificieuses ayant tout pouvoir pour décider de mon sort prochain.

Enfin, l'heure du départ avait sonné. Chastement, j'ai embrassé la blonde oiseleuse ; elle a marmonné des mots incompréhensibles, *diminuendo*. « Do skorovo », ai-je cru entendre. Je lui aurais bien répondu en imitant le merle ou le ramier parisien.

Pourquoi suis-je si sensible aux marques d'amitié vigilante ou de mépris que me donnent certaines femmes, pour la plupart inaccessibles ? Cœur d'artichaut ou cœur dans un bas de soie ?

Au moment de nous quitter, Charlie m'a tendu un livre, traduit en français. Un taxi m'attendait.

– Tiens, lis ça et prends-en de la graine. Cadeau. Je n'ai jamais lu un bouquin aussi captivant. Voilà des années qu'il t'attend. Je l'avais acheté pour toi à Paris. J'en ai toujours un exemplaire à portée de main, en anglais. Commence par la page 263, celle où il raconte son arrivée à New York et son premier boulot comme manœuvre à l'usine General Motors de Long Island City. Tu me diras ce que tu en penses.

Je n'avais nulle part où aller : c'étaient les carnets intimes de Jonas Mekas, traduits chez P.O.L.

Après avoir hésité, je l'ai pris dans mes bras. Les mots sont sortis.

– Qu'est-ce qui t'arrive ?

– Je voulais te demander… Papa te manque ?

– Je pense à lui, parfois. Mais il ne me manque pas. Son absence est à peine l'absence d'une présence, d'une voix.

– Et toi ? Et la présence des morts ?

– Les morts préfèrent qu'on les laisse en paix. Ils l'ont bien mérité. Et pourtant, on dit qu'ils aiment qu'on parle d'eux.

– Arrête de te tripoter le nombril.

– Te voilà l'élu du bonheur.

– Tu te souviens ? Papa disait à la fin : vieillir c'est aussi devenir indifférent à autrui et être condamné aux seuls tourments du passé.

– Je ne m'en souviens pas, ou il ne l'a jamais dit devant moi. Et quand il bougonnait, il lâchait souvent : « Quel pillage, que la vie ! Mais quel pillage ! »

Arrivé à Pierrepont, j'ai mis la radio en sourdine, pris une douche, bu un verre de lait avant de m'allonger et d'ouvrir le précieux livre, précisément à cette page 263. La chambre était tiède, douillette, les échos et les reflets de la ville, tamisés, rassurants.

« *29 octobre 1949*

Hier, vers dix heures du soir, le *General Howze* est entré dans l'embouchure de l'Hudson. Nous étions sur le pont pour ne rien manquer du spectacle. 1 352 personnes déplacées contemplaient l'Amérique. Je suis encore en train de la regarder, dans ma mémoire rétinienne. On ne peut décrire ni ce sentiment ni cette image à quelqu'un qui n'a pas connu cela. Toute la durée du conflit, tous les malheurs de l'après-guerre pour les personnes déplacées, l'abattement et le désespoir, et soudain un rêve se dresse devant vous. »

Et j'ai poursuivi, en goûtant chaque mot :

« Il faut voir New York ainsi, de nuit depuis l'Hudson, pour en saisir l'incroyable beauté (...). Oui, c'est l'Amérique, et nous sommes au XXe siècle. Les ports et les quais illuminés d'éclats multicolores. Les lumières de la ville se fondant dans un ciel qu'on aurait cru dessiné par la main de l'homme. »

Des souvenirs me sont brusquement remontés à la gorge. Embarcadères, pontons, coupées, barcasses, rades bretonnes, capitaineries, dunes herbeuses de Fire Island, marées descendantes sur le sable, cornes de brume, ciels creusés, flancs de bateaux, cordages lovés, feux de la mer d'Iroise. J'ai pensé au naufrage, corps et biens, du chalutier *Wind Blown*, au large de Montauk, dans les années 1980, histoire tragico-héroïque qu'aimait me raconter Papa. Le nom du capitaine disparu avec ses trois hommes m'est revenu : Mike Stedman, trente-deux ans, puis celui du marin-pêcheur, Michael Vigilant.

Il pouvait être 3 heures, 4 heures du matin ; j'ai eu peur, un mauvais rêve m'ayant tiré du sommeil, où une voix d'enfant me hurlait : « La réalité ne fonctionne plus ». Pris d'un doute, je suis allé dans les toilettes. Tout semblait bien en ordre sur la carte, sage comme une image. J'ai vérifié, contrôlé ; d'ouest en est, j'ai relevé successivement, en suivant la côte septentrionale : le Queens, Great Neck, Manhasset, Roslyn, Glen Cove, Oyster Bay, Northport, la rivière Nissequogue, Stony Brook, Port Jefferson, Cutchogue, Peconic et sa large baie, où l'on cultive, dit-on, les meilleures huîtres au monde, les *Peconic Pearls*, puis en bifurquant vers South Fork : l'îlot de Shelter Island, ancien refuge de la communauté quaker, qui sépare les deux lambeaux de terre en forme de mâchoires de crocodile de Long Island, Sag Harbor, Sagaponack, les Hamptons, et enfin l'étroite péninsule de Montauk.

LA MAISON DE FÉVRIER

La soirée d'hier m'avait laissé plus d'images que d'impressions, les premières moins embuées que les secondes. Je pensais à l'étrange complicité qui unissait Anastasia et Gerli, et à ce que m'avait confié Charlie le jour de nos retrouvailles. Toutes deux étaient orphelines depuis le plus jeune âge ; leurs parents respectifs avaient péri en 1994 dans le naufrage en Baltique du ferry *Estonia*, faisant en quelques minutes plus de 850 victimes. Les corps, emportés par la mer, engloutis par la nuit, n'ont jamais été retrouvés.

Au réveil, j'ai pissé en regardant mes pieds ; les métamorphoses successives de la carte de Long Island, terre sans vallon, ni fleuve, ni aspérité, ni relief, ni golfe chantant, ne m'effrayaient plus : elles me lassaient. Ensuite, un bol de café au lait, du miel pioché à la grosse cuillère, un bagel sec. Puis relecture de mon carnet de notes, et classement des dernières photos prises, uniquement des paysages, des chemins et des décors, à l'exception de quelques clichés de Charlie à Oyster Bay et un portrait en pied d'Anastasia, pris à la dérobée.

Le petit passereau bleu s'est posé sur le rebord de la fenêtre, s'est désaltéré à la coupelle d'eau que j'avais déposée la veille. Gerli aurait pu me dire à quelle espèce il appartenait.

J'ai allumé la radio, qui passait un requiem baroque : j'ai éteint le poste. Il est aussi saugrenu d'écouter une messe des morts à 8 heures du matin que de s'exciter sur un chorus de jazz avant la tombée du jour. Ou de s'émouvoir à l'écoute d'un concerto pour guimbarde et basse continue.

Sept ou huit, pas plus : c'était le nombre de lieux et de villes que je m'étais promis de visiter avant mon retour, prévu dans un peu plus d'une semaine. Le Queens m'attirait toujours autant. Sur le flanc nord de l'île, la bourgade maritime de Northport — 7 200 habitants –, anciennement appelée Great Cow Harbor, voisine de Huntington, était à mon programme. Jack Kerouac y avait vécu avec sa mère Gabrielle, entre la fin des années 1950 et le début des années 1960, avant de finir ses jours en Floride. Il était redevenu celui qu'on appelait Ti-Jean dans son enfance, à Lowell, Massachusetts. Le monde de la route, celui des nuits frénétiques parmi la faune de Greenwich Village, les virées au Mexique et au Maroc, ne lui étaient plus qu'un lointain souvenir, encalminé, qu'il préférait oublier, par honte ou par dégoût. Il composa alors un poème automnal, verlainien dans l'humeur, où il fit appel à la mémoire de Whitman, du temps où le barde vivait près de Northport : *Long Island Chinese Poem Rain*.

Je m'étais renseigné : le bistrot de quartier qu'il fréquentait pour y écluser ses rations de whisky *blended* Canadian Club, entre deux haïkus, le Gunther's Tap Room, avait toujours pignon sur rue, le long de Main Street, avec sa porte d'entrée rouge criard semblable à celle des pubs irlandais. Son slogan racoleur, peint sur la vitrine, n'avait pas changé depuis plus d'un demi-siècle : « Drink where Jack drank. »

Northport est à moins d'une heure de train depuis Jamaica, en empruntant la branche nord du LIRR, avec pour point de chute Port Jefferson. Je proposerai à Gerli de m'y accompagner.

Son calme manifeste, sa morosité de banlieue pavillonnaire, l'alignement de ses maisons de bois du début du XIXe siècle, recouvertes de bardeaux blanc cassé ou couleur crème, ou de style fadasse néo-grec avec pilastres, faisaient de Middagh Street un des lieux les moins intéressants de Brooklyn Heights. Pourtant, il fut une époque où cette rue endormie était le foyer d'une vie intellectuelle et artistique particulièrement dense.

C'est là, à sa pointe ouest, précisément au numéro 7, que se dressait la February House au début des années 1940, non loin de ce qui sera le quartier rénové et à la page de DUMBO (pour Down Under the Manhattan Bridge Overpass). Un *brownstone* centenaire de style Tudor s'élevant sur quatre niveaux, coiffé d'un toit pointu, rasé ensuite pour faire place à une bretelle d'accès à la Brooklyn-Queens Expressway, transformé en phalanstère de la bohème artistique. Les pensionnaires s'appelaient Carson McCullers, la benjamine du groupe, Jane et Paul Bowles, installés au premier étage, W. H. Auden et son amant, Benjamin Britten, et la moins connue d'entre eux : l'effeuilleuse et vedette incontestée du burlesque, Gypsy Rose Lee, accompagnée de sa cuisinière personnelle Eva, ancienne choriste du Cotton Club. Tous sont âgés de moins de trente-cinq ans et, pour la plupart, nés un jour de février.

Parmi les gens de passage : Aaron Copland, les enfants de Thomas Mann, Denis de Rougemont – lequel venait de publier *L'Amour et l'Occident* –, Richard Wright, Kurt Weill et la cantatrice funambulesque Lotte Lenya. Britten venait de quitter son deux-pièces d'Amityville, distante d'une cinquantaine de kilomètres, où il avait mis en musique des poèmes de Rimbaud, McCullers partageait son temps entre l'écriture de *The Member of the Wedding* et ses séances d'amour dans la petite chambre tapissée de vert Empire, avec Erika Mann, qu'Auden épousera plus tard. Gypsy peinait sur sa machine à écrire, en grillant des Camel et en buvant du café froid coupé de brandy, jusqu'à ce que McCullers lui fasse découvrir sa décoction faite de thé, de sherry, d'un peu d'alcool de bois et de jus de sorgho, conservée dans une thermos ouverte dès le petit-déjeuner, et qu'elle appelait son Sonnie Boy.

Le démocrate Franklin Roosevelt venait d'être réélu pour un troisième mandat de président, avec 54,7 % des suffrages, et plus de 61 % à New York.

Témoin privilégié de cette petite colonie, l'exilé Denis de Rougemont, entre deux visites à Antoine de Saint-Exupéry, installé avec Consuelo dans un manoir à Eaton's Neck, qui devait écrire dans son Journal : « Auden préside avec autorité, sans excessive bienveillance, les repas en commun de la petite colonie, servis par deux ou trois plantureuses négresses. Autour de la table ce soir, la très belle vedette de strip-tease Gypsy Rose Lee (elle termine un portrait de Max Ernst, qui fera le sien en 1943), Carson McCullers, adolescente ombrageuse, Paul Bowles, sa femme Jane qui écrit un roman en français, un jeune compositeur anglais, Benjamin Britten (qui est venu après le dîner dans la chambre d'Auden nous faire entendre un disque de son *Requiem pour un Mikado*, aux angoissantes sonorités métalliques, mais dans le grave). »

Cela faisait des années que mes préférences allaient du côté des destins brisés avec éclats, des vies portées au firmament pour se terminer en enfer ou dans l'indifférence : vedettes de la chanson ou du music-hall, éberluantes femmes d'artistes, compositeurs fauchés dans la fleur de l'âge après avoir laissé à une improbable postérité un ou deux chefs-d'œuvre…

Donner du présent à leur passé mémorable, ce petit tas de cendres éteint, rendre une part de justice, tirer quelques visages et quelques voix du néant, tout cela m'excite, au-delà du simple dialogue avec les défunts et leurs fantômes, quitte à passer pour l'avocat du diable. Et au diable le fracas des bonheurs perdus.

Il y a cinq ou six ans de cela, en fouillant dans les boîtes d'un bouquiniste des quais, je m'étais promis d'acheter, les yeux fermés, le 10e et le 20e livre que je toucherai. C'était respectivement un guide débroché des arbres de France, et *Mort aux femmes nues !* d'une certaine Gypsy Rose Lee, dont je n'avais jamais entendu parler. Le titre apparaissait en lettres noires sur fond jaune, rehaussé par le dessin d'un masque de carnaval traversé par une plume, dans la collection « Les Reines du crime », recherchée par les amateurs de romans de gare, terme ayant aujourd'hui disparu, tout comme leurs lecteurs, dissous par le TGV et les écrans de téléphone. La mention du copyright indiquait *The G-String Murders*, @ Simon & Schuster, 1941.

Par le plus curieux des hasards, Gypsy venait ainsi de rejoindre ma coterie de personnages oubliés, après avoir été flamboyants jusqu'au dernier souffle. On pouvait donc rebattre les cartes et remonter le cours du temps, en sautant par-dessus les siècles.

Pin-up à la beauté extravagante, reine new-yorkaise du strip-tease et du demi-monde dans les années 1930 et 1940, Gypsy était née Rose Louise Hovick en 1911 sur la côte ouest, à Seattle. Avant même l'adolescence, sa mère, éprise de théâtre, fascinée par le monde du spectacle, l'emmène sur les routes avec sa sœur cadette June. La petite troupe familiale joue un répertoire composé de chansons, de sketches comiques, de numéros de danse et de claquettes, de scènes de vaudeville, de saynètes de boulevard, et représentés sur des tréteaux improvisés dans les salles municipales ou sur les places commerçantes de petites villes de l'Oregon, du Nebraska, de Floride, du Missouri ou de l'Ohio. Un petit singe au poil ras que Gypsy a coiffé d'un béret et surnommé Gigolo, un goret répondant au nom de Porky, l'oie blanche Gussie, Sam le cochon d'Inde, quelques chiens, des souris blanches et des caméléons : toute une invraisemblable ménagerie accompagne le trio.

Le succès vint, après ces années de cabotinage, quand à l'âge de seize ou dix-sept ans à peine, la petite Gypsy esquisse avec succès un premier strip-tease ingénu en public, aux côtés des Hollywood

Blondes, à Kansas City ou, selon d'autres sources, à Toledo, dans l'Ohio. De ces temps rocambolesques de bohème foraine et théâtrale, elle tirera un livre de souvenirs, best-seller à la fin des années 1950, après son troisième divorce, lui offrant un superbe revival. Sobrement titré *Gypsy*, elle y dresse un portrait saisissant de l'Amérique profonde et de sa mère à la vitalité exubérante, Madame Rose, veillant jalousement sur sa couvée de jeunes saltimbanques, et qui ne quitte jamais son manteau en poils de castor. John Steinbeck, enthousiaste à la lecture de l'ouvrage, qui, depuis sa retraite de Sag Harbor, rédigera le texte de la 4e de couverture, louant, selon ses mots, son évidente performance littéraire. Tennessee Williams y ajoutera les mots suivants : « This is show business, this is America ! »

Rapidement, ses premiers pas dans le genre burlesque, associant l'esprit du music-hall à la comédie grivoise pimentée de scènes lascives, la portent à New York, la nouvelle Mecque du music-hall. Le clan Hovick s'installe dans un meublé sans confort dans le Queens, à Rego Park. Sous la protection de sa bonne étoile, elle enchaîne les prestations remarquées au Minsky, puis aux Ziegfeld Follies et au théâtre Shubert, où elle remplace au pied levé Josephine Baker, la plupart du temps dans des revues inspirées du Casino de Paris, du Moulin Rouge ou des Folies-Bergère. C'est là, dans le cœur palpitant de Broadway, surnommé The Great White Way, qu'elle croise le bootlegger Waxey Gordon, futur ennemi public numéro 1, qui finira sa vie à Alcatraz. Il la prend sous son aile et en fait la nouvelle reine du glamour, qui pose à la une des magazines, arborant sa dernière trouvaille qui ensuite fera florès : les *nippies*, à savoir des cache-tétons consistant en deux bandes auto-adhésives croisées. Son art, elle le résumait ainsi : « More tease than strip. » La déshabilleuse au sex-appeal sophistiqué devient la coqueluche de la gent masculine, et les grandes marques de lingerie fine la débauchent.

Auparavant, Gypsy a fait la connaissance de la lovely French diseuse, la chanteuse réaliste à la voix suppliante et aux mains de sortilège, Yvonne George, dont s'était épris Robert Desnos. C'est elle qui lui avait appris les paroles de *Mon homme* et la mélodie de *Nous irons à Valparaiso*. Yvonne George reviendra à plusieurs reprises sur cette rencontre troublante, évoquant à Desnos, les larmes aux yeux, la belle Juive de New York. Probablement, c'est elle aussi qui initiera Libby à l'opium, qu'Yvonne, l'étoile filante, appelait Le général chinois.

Sur la scène de l'Irving Place, Gypsy fait son apparition dans une robe courte à gros nœuds rose en chantant d'une voix lascive : « I'm a lonesome little Eve looking for an Adam. » Henry Miller fait partie de ses fidèles fans ; il lui consacrera même quelques paragraphes exaltés dans *Aller-Retour New York*.

En 1937, quatre ans après la fin de la prohibition, le maire républicain Fiorello La Guardia, ancien pilote de bombardier pendant la Grande Guerre, surnommé Little Flower, et les ligues de vertu, dont la Société new-yorkaise pour la suppression du vice (NYSSV) entament leur combat contre la corruption des mœurs encouragée par ce genre de spectacles à Broadway, considéré alors comme « le carré du Diable » (*Devil's playground*), et font fermer les théâtres de burlesque. Cocteau, qui avait vu sur scène les jeunes rivales de Gypsy au Théâtre Minsky, avait évoqué sous une forme libre « une foule d'hommes assoiffés d'un idéal érotique, d'un érotisme abstrait dont leur vertige leur suffit. »

Complice libertine de son corps, Gypsy poursuit son destin, tracé en lettres lumineuses ; elle est appelée à Hollywood. Elle y tournera sans succès des comédies musicales et des farces où elle s'ennuyait en jouant les séductrices décervelées. Le très puritain Code Hays était entré en vigueur, et toutes les scènes équivoques étaient désormais bridées ou coupées. L'esprit de la prohibition ne s'en prenait plus à l'alcool mais à la représentation des mœurs, des sentiments et des pulsions.

Entretemps, Gypsy s'est lancée avec bonheur dans la littérature. Le thriller parodique *The G-String Murders*, achevé à la February House, où elle se met en scène dans son propre rôle, celui de vedette du fictif Old Opera, est un grand succès, adapté au cinéma en 1943, sous le titre *Lady of Burlesque*, à l'heure où elle publie des nouvelles et des récits autobiographiques dans le *New Yorker* et *Collier's*. Suivra un second roman, qui décevra même ses inconditionnels, traduit par *Madame mère et le macchabée*, et une pièce de théâtre ratée.

Ce premier polar est une pochade gorgée d'humour, cotraduite par Léo Malet, le père de Nestor Burma, où le lecteur est saisi dès la première page qui s'ouvre sur ces mots : « Trouver des cadavres éparpillés dans un théâtre de burlesque, c'est un truc qu'on n'oublie pas. Du moins pas tout de suite. » À cet incipit frissonnant, on peut préférer le préambule qui annonce les personnages dans « l'ordre de leur entrée en scène », après la vamp Gypsy : Lolita La Verne, surnommée la déesse à la voix d'or, Moss, le directeur de théâtre, sa complice Gee Gee Graham et son meilleur ami le comique Biff Brannigan, le tenancier de bar Louie Grindero, qui a fait de la prison pour trafic de stupéfiants et proxénétisme. Et pour finir, le sergent de police Harrigan.

À la February House, cette mélomane éprise de Debussy et de Prokofiev, lectrice de Proust, des romanciers de la Lost Generation, a trouvé en McCullers une confidente et une complice perturbante. Au bout d'une semaine, la romancière sudiste lui confie avoir été menacée de mort par le

Ku Klux Klan, suite à la publication du *Cœur est un chasseur solitaire*, son premier grand succès.

Tard dans la soirée, la bande, fatiguée des besognes du jour, rejoint la malfamée Brooklyn Navy Yard, là où débarqueront en 1944 les trois jeunes marins en permission de la comédie musicale *On the Town* de Bernstein. Les pensionnaires de Middagh se retrouvent dans une autre promiscuité conviviale, celle des bistrots de Sands Street, avec pour quartier général le Tony's Square Bar où se produisent des orchestres hawaïens et les premières formations de latin jazz qui éclipsent la nuit à coups de cuivres et de percussions syncopées, entre les cris d'admiration, les braillements de refrains nés à Valparaiso ou dégoisés à San Francisco, repris en chœur, et le cliquetis des verres, avant que les matelots ne se saboulent la gueule, puis rejoignent leurs bords, comme leurs frères de la rue havraise des Galions ou de la rue de Siam à Brest. Hissez haut !

C'est dans un de ces rades que Carson McCullers eut une sorte d'illumination en observant, une matrone prodigieusement obèse, une vraie femme-tonneau, virago repoussante, accompagnée d'un nain bossu, homoncule bondissant, qui donnera naissance à la *Ballade du café triste*.

Un soir de mars 1941, en ce temps de l'Annonciation, sans doute pour fêter le retour attendu du printemps, Gypsy, Carson, Benjamin et Wystan Hugh sortent à moitié ivres du Tony's Square et entament une parade amoureuse, sous un ciel étoilé de mauve, suivie d'une ronde désunie. Gypsy enlace Carson puis la repousse, tandis que les garçons, assis à même le sol, chantent en se répondant ce couplet facétieux qu'ils ont composé à deux, sur un rythme de jazz martelé par les hoquets d'un piano imaginaire :

> « Some say that love's a little boy,
> And some say it's a bird,
> Some say it's make the world around,
> Some say that's absurd… »

Et le suivant :

> « Does it look like a pair of pyjamas,
> Or the ham in a temperance hotel ? »

Avant de beugler le refrain à l'unisson : « O tell me the truth about love. » *Fa* dièse-*fa* dièse-*sol-fa* dièse-*la-sol* dièse-*sol-fa* dièse.

Les bruits s'assourdirent. Carson et Gypsy s'étaient déjà échappées dans les parages de la nuit, main dans la main, en riant comme des folles. La mer haletait. Odeurs de goudron, de saumure et de mazout brûlé.

Entre l'obscurité du ciel et les bruits du monde.

En 1942, Gypsy quitte la February House après avoir offert un petit singe à McCullers, et s'installe dans un vaste appartement sur la 63e Rue, dans les environs de Central Park. Après avoir soutenu les républicains espagnols, elle participe à l'effort de guerre, contribue au financement de la Croix-Rouge et rejoint les *War Bonds rallies* pour récolter des fonds. Les GI's émoustillés en font leur mascotte. On peint son effigie de pin-up sous le cockpit ou sur le carénage moteur des chasseurs et des bombardiers de l'US Air Force. Elle enrichit sa collection de tableaux surréalistes, avec des œuvres de son ami Marx Ernst, de Chirico, de Picasso, et de Chagall.

Les années suivantes, je l'avoue, m'intéressent moins, probablement par manque de tragique, de scandale, et où l'ironie du destin fait cruellement défaut. Une période marquée par un amour secret avec le réalisateur Otto Preminger (qui a adapté plus tard *L'Homme au bras d'or* de Nelson Algren) au moment où elle joue dans *La Belle of the Yukon*, et un enfant adultérin, Erik, qu'il finira par rencontrer plus tard ; la fin, à quarante-deux ans, des scènes de strip-tease dont elle s'était lassée ; des aventures amoureuses sans lendemain ; un tour d'Europe avec son fils unique.

Son succès revanchard à la fin des années 1950 avec la publication de ses tonitruants *Mémoires* dans lesquels elle a remodelé l'histoire de son enfance et a mordoré sa légende, est amplifié par leur adaptation à Broadway dans une comédie musicale à succès et l'enregistrement d'un album d'une douzaine de chansons, *That's Me All Over !* avec un de ses succès d'hier (hélas sans *From Stravinsky to Minsky*) : *I Can't Strip To Brahms* et une reprise du tonitruant *I Can Cook, Too* chantée à la fin du premier acte d'*On the Town* par une conductrice de taxi irascible. Libby Holman aurait chanté ça à merveille, avec des étincelles dans le gosier.

Enthousiasmée, une de ses plus fidèles admiratrices, l'ex-Première dame d'Amérique, Eleanor Roosevelt, lui envoie alors un télégramme louant sa gloire callipyge, après avoir vu sur scène *Gypsy : A Musical Fable* : « May your bare ass always be shining ». C'est-à-dire : « Que ton cul brille pour toujours ».

Pour sa part, le poète Delmore Schwartz, dans un article du *New York Times* consacré aux stars, la place au-dessus de Marylin Monroe, et en fait un phénomène américain, à ranger parmi des personnalités aussi diverses que la jeune Grace Kelly, Hemingway, Al Capone, Charles Lindberg.

Un retour en grâce pour Gypsy, prolongé au cinéma en 1962, avec Natalie Wood jouant le rôle-titre de *Gypsy*, sous-titré « Vénus de Broadway » dans sa version française.

L'actrice y chante, lascive, dans une robe lamée, en jouant avec un boa de plumes :

« Let me entertain you,
Let me make you smile,

Let me do a few tricks,
Some old and then some new tricks.
I'm very versatile. »

Au moment où le film rencontre un vif succès, la renvoyant à ses années de gloire, Gypsy quitte New York et s'installe en Californie, à Beverly Hills, avec pour compagnie sept chiens, une famille de cacatoès, des toucans et des pinsons multicolores.

Les nostalgiques de la première heure retrouvèrent leurs émois d'hier en écoutant *Gypsy Rose Lee Remembers Burlesque*, un pot-pourri un peu canaille, mêlant propos à l'emporte-pièce, interviews, refrains (« When the Nude is Prude »), sketches comiques, extraits de shows, de revues et d'émissions de radio.

Le public français l'a découverte en 1959, grâce à Joseph Kessel, qui l'avait rencontrée à New York. À l'automne, il a publié une série de reportages dans le premier quotidien de l'époque, *France-Soir*, sous le titre : *Broadway, feu d'artifice permanent des plaisirs*. Dans « La Rose nue », il nous dit la stupéfiante aventure que fut son existence. Sous le charme, il parle d'une « une forte stature, une vitalité exubérante, le geste vif et dominateur, une voix d'airain » et fait l'éloge de ses *Mémoires* qu'il vient de lire, en ces termes enthousiastes : « C'est *Le Capitaine Fracasse* du XXe siècle américain. La variété, la drôlerie, le picaresque des situations, des épisodes, des personnages, laissent le lecteur ravi, hilare… et incrédule. »

On retrouve Gypsy en 1965, animatrice d'un talk-show populaire, chaque matin sur une télé de San Francisco. Elle y invitera, au cours de ses 750 émissions, de jeunes gens prometteurs, tels que Woody Allen ou Andy Warhol et des vedettes confirmées : Judy Garland, Ginger Rogers, John Wayne, Groucho Marx. Première femme aux États-Unis à présenter ce genre d'émission, elle tendra également le micro à Jayne Mansfield, une des jeunes playmates du mensuel *Playboy,* où était apparue Gypsy en 1962, sur une pleine page, mais pour y vanter les bienfaits et les plaisirs de la vodka Smirnoff.

Quatre ans plus tard, on lui diagnostique un cancer du poumon. Gypsy meurt le 26 avril 1970 dans sa 60e année, à Los Angeles.

Je me suis demandé si Gypsy Rose Lee et Libby Holman, l'effeuilleuse et la beugleuse, qui jouaient leurs vies dans des catégories différentes, mais partageaient d'égales ambitions de gloire éclatante, s'étaient un jour rencontrées, volontairement ou par hasard. Qu'auraient-elles eu à se dire, ses deux figures iconiques sur lesquelles la lumière ne fit que passer, par éclats ?

Par simple curiosité, j'avais posé la question à Charlie. Gypsy : son nom lui rappelait celui de la chanson d'un groupe punk californien, composée selon toute vraisemblance en hommage à la plus fascinante des pin-up.

À LA DÉRIVE
(Intermezzo)

Les formes de l'île cartographiée avaient mué. Dans le même temps, les couleurs avaient élargi leur palette pour changer de nuance, varier les dégradés.

Staten Island n'était plus qu'à quelques brasses de Brooklyn, au niveau de Bay Ridge, et le pont suspendu de Verrazzano avait disparu, après 55 ans de service. Au sud, Fire Island, après avoir dangereusement tangué, avait triplé de volume en s'éloignant de la côte, accompagnée d'îlots vagabonds. Au nord-est, Plump Island, dont m'avait parlé avec passion Gerli, avait troqué son vert pistache pour un scintillant bleu outremer et dérivait vers les côtes du Connecticut. J'ai approché ma loupe pour découvrir une myriade de lambeaux de terre inhabités, flottants, probablement hérissés de roches pointues qui proliféraient en s'agglomérant au large du hameau de Hampton Bays.

Étonnamment, l'îlot principal de Peconic Bay, qui avait perdu son nom en route, semblait mettre le cap sur la mer des Caraïbes. Amagansett avait disparu. Ici et là, des îles artificielles avaient été bâties à la hâte, à quelques encablures du rivage. Il fallait absolument prendre tout cela en photo, pour témoigner par la suite de cette nouvelle configuration géographique.

Quant à la péninsule d'Eaton's Neck, sur la Gold Coast du Suffolk, là où Saint-Exupéry avait écrit *Le Petit Prince* en 1942, elle avait discrètement largué ses amarres, laissant à terre son phare séculaire coiffé d'une coupole d'un rouge pur. À bien y regarder, certains lieux avaient changé de nom. Sheenecock Bay, au sud, était devenue Ironic Bay, et Port Jefferson s'appelait désormais Fort Salonga. Oyster Bay n'avait pas disparu, mais elle avait été déplacée jusqu'aux confins de l'île, pile sur le 41e parallèle. Déformés, méconnaissables, les rares isthmes s'étaient allongés, en direction du nord.

Long Island, désormais scindée en deux, avait dans ce *genius loci* en folie, toutes les apparences d'un archipel vivant avec ses rades et ses abers, de ceux où naissent les contes pour enfants, les récits des flibustiers, et d'où s'échappent les légendes les plus fantastiques, peuplées de créatures insensées, de poissons dorés qui parlent, de sirènes dodécaphoniques, de garçons sauvages, de fols-en-Christ en quête de rédemption, de bagnards, et, plus rarement, de fables où passent des fillettes cuirassées de nacre rosée, ou de robinsonnades pleines d'idylles marines.

Snark Island, Gondal, Barataria, la Baranka du terrible comte Zaroff, l'Île aux Dames et ses « parcs à foutre », Lilliput, Ogygie la parfumée, les Papafigues, la Rokovoko de Melville, l'archipel de Mardi, Abruka, Papefigues et Ruach, Bouyane la Slave, la sinistre Goli Otok, et beaucoup d'autres.

Dans un fin déchirement de soie, une fissure est apparue sur le mur à ma gauche, bien nette. J'ai détourné la tête et ai retenu mon souffle en égrenant les secondes, mentalement. 1, 2, 3… et de plus en plus lentement : 7, 8, 9… Une brise s'est levée, la température avait baissé.

Sous les yeux, j'avais une planche d'anatomie géographique, un écorché déjà refroidi aux viscères insulaires, frappé en bas à droite d'une rose des vents à huit branches qui prenait de la gîte. Et puis les premières gouttes d'eau sont apparues, perlées, en bordure de Gardiner's Island, au nord-est, îlot de 13 kilomètres carrés occupé depuis quatre siècles par la seule famille Gardiner et ses descendants ; parmi eux, Alexandra Creel Goelet, l'actuelle propriétaire des lieux depuis 2004. On dit que c'est là que le plus célèbre des boucaniers, le Capitaine Kidd, aurait enterré son trésor, fruit de ses nombreuses rapines.

(Pause).

Long Island, la *Belle de mer*, la « Sea-Beauty » célébrée par Whitman dans « Paumanok ».

J'étais asséché de soif, tremblotant sur mon lit. Il devait être 5 heures du matin. Ce seront bientôt les premières lumières somnolentes de l'aube. Je me suis mis à la fenêtre pour guetter le point du jour. Le salon de la voisine, sous la masse sombre des toits, était éclairé de l'intérieur, mais pas une ombre ne bougeait. Où s'était donc tapie la mystérieuse insomniaque ?

Les franges du ciel commençaient à jaunir, en direction de l'est, avant l'arrivée des premiers nuages. La stridence d'une sirène de pompiers s'est éloignée dans des échos que renvoyaient les façades encore pleines de nuit.

Quiet City, fait sonner tes accords ! Faites entrer les clameurs ! Retentissez !

Déjà plusieurs jours que ce même rêve abrupt me poursuivait, avec quelques variantes apparues récemment. Il me semble que Gerli y est passée, furtivement. Elle était de dos, immobile, les épaules maigres, entièrement nue et pure, les cheveux roulés en torsade, l'épaule gauche tatouée par une tête d'aigle ou de faucon, une main glissée entre ses cuisses. Ça m'a mis dans une joie sexuelle, hélas fugitive. La songerie est mon voyage.

J'ai rejoint le lit, ai pris le premier livre qui traînait sur la table de nuit, à tâtons. Je l'ai ouvert, ai tourné cinq ou six pages au hasard, avant d'allumer la lampe de chevet.

« In dreams begin responsabilities », écrivait Delmore Schwartz en 1937, un soir de rage ou d'ennui, probablement. Aux premières heures de l'alcool à outrance. Oui : et les risques naissent dans la foire des rêves à courte portée, sortes d'îles secondaires qui nous échappent. D'autres mots sont apparus, alignés en paragraphes dont les phrases se décrochaient une à une, sans intérêt à cette heure-ci. Il m'en fallait d'autres.

N'étant pas prêt à affronter cette journée ni à racheter le temps, j'ai soupçonné mon ange gardien – qui n'avait donné aucun signe de vie depuis des semaines – de n'être qu'une sale feignasse. Tout compte fait, je lui préférais mes diablotins d'hier et mes poisons du temps d'avant.

Et j'ai eu honte de penser ça.

Pour en avoir le cœur net, j'ai ressorti la carte de Long Island que j'ai dépliée sur le lit en la froissant, une loupe à la main ; je voulais m'assurer que tout y était en bon ordre. Or, rien n'avait bougé, pas même les notes au stylo que j'y avais portées ou les quelques mini Post-its collés, qui faisaient de mon plan une espèce de manteau d'Arlequin. J'étais sur le point de franchir la limite qui me séparait du vertige.

La télé diffusait les premières informations du jour. Sans faim, j'ai gobé deux œufs de caille et avalé un jus de mangue. Un drone américain a été abattu en Iran ; David Ortiz, ancien joueur vedette des Red Sox, a quitté le service de soins intensifs après avoir été grièvement blessé par balles à Saint-Domingue ; un policier à la retraite a été poignardé à Brooklyn, en pleine rue ; Donald Trump a décidé de reporter de deux semaines l'expulsion des migrants clandestins ; plus de 100 000 Tchèques sont descendus dans les rues de Prague pour demander la démission du Premier ministre.

Et c'est sur une stance de Walt Whitman à la gloire de New York que je me suis rendormi.

« City of orgies, walks and joys ! ».

LE BUGGY MEURTRIER

De Fire Island, l'étroite île barrière qui s'étire sur près de quatre-vingts kilomètres, à trois ou quatre milles nautiques de la rive sud de Long Island, les souvenirs visuels et les détails restaient vagues ; ils stagnaient dans une mémoire tourbeuse. Cela remonte à l'été 2005, un dimanche, avec son cortège de familles, de jeunes en bande, de couples qui cherchaient à rompre l'ennui des fins de semaine. Je m'y étais rendu sans enthousiasme en compagnie de celle qui sera mon ex-femme, de mon fils cadet, et d'universitaires progressistes de Stony Brook. J'avais toutefois gardé le souvenir du lieu où nous avions accosté, Bay Shore, à l'ouest d'Amityville, où se dressait la « maison du diable », théâtre d'une tuerie familiale perpétrée dans les années 1970, et où nous étions arrivés en voiture, depuis Brooklyn, ainsi que le nom du ferry : le *Firebird*.

La destination ne pouvait être que Kismet ou Ocean Beach, à moins que ce ne fût Fire Island Pines ? Un ferry de couleur blanche, comme tous les ferries, bondé ; une plage qui ressemblait à beaucoup d'autres, avec la même monotonie des flots battant *moderato* le rivage, les taches de lumière, la mosaïque de pastilles bigarrées, formée par les parasols la foule bruissante de rires, de cris, et les palissades de bois clair penchées par le vent. Pour ce qui est de la végétation : les bouquets de liserons, les euphorbes, les mèches de chiendent marin à foison, fixés sur les dunes, tels qu'on les voit aussi bien dans les Landes, ou encore dans les parages de Quiberon, que du côté d'Almograve, en plus spectaculaires, avec les mêmes sables maritimes.

La seule réminiscence que j'ai pu fixer de cette journée est le long sentier pavé de planches, très fréquenté, qui menait du débarcadère à la plage ; un chemin encadré de hauts roseaux, et bordé de maisons de style vaguement colonial, montées sur pilotis, et agrémentées de fleurs odorantes. Je crois également me rappeler que la circulation des voitures y était interdite.

Le professeur de Stony Brook, après avoir évoqué la progression inquiétante de l'ouragan Katrina vers la Louisiane, nous avait doctement parlé des origines de la communauté homosexuelle de Fire Island, surnommée la Pleasure Island, depuis le début du XXe siècle, et de ses prestigieux citoyens ou hôtes de passage : Oscar Wilde qui était descendu au Perkinson Hotel de Cherry Grove lors de sa triomphale tournée américaine, le poète militant contemporain Mark Doty, en passant par W. H. Auden, Gershwin qui, selon lui, y aurait composé le final de *Porgy and Bess*, Truman Capote et Frank O'Hara. Ensuite, on a eu droit à un exposé sur les limules, les *horseshoe crabs*, créatures marines à carapaces brunâtres hérissées d'épines, impressionnants fossiles vivants munis de dix yeux et dotés d'une longue queue en forme d'éperon. Le professeur nous a assuré qu'une colonie de plusieurs dizaines de ces arthropodes au sang bleu, vieux de plusieurs centaines de millions d'années, avait été découverte à l'est de Fire Island, il y a quelques semaines. Je n'en croyais pas un mot.

Le cas O'Hara m'intéressait. À l'époque, j'avais glané quelques-uns de ses poèmes dans ses *Œuvres complètes* ; la plupart d'entre eux me parlaient avec une voix familière, complice. C'était assez troublant, cette promiscuité d'esprit et de goût.-Je me souviens de *The Day Lady Died*, en hommage à Billie Holiday, *Second Avenue*, ses évocations de pianiste dilettante dans *On Rachmaninoff's Birthday*. D'autres encore, comme *En Route to the Burial in Long Island*. Le plus troublant d'entre eux était *A True Account of Talking to the Sun at Fire Island*, un texte prémonitoire qui annonçait sa fin tragique et prématurée sur une plage de Fire Island.

> « ...always embrace things, people earth
> sky stars, as I do, freely and with
> the appropriate sense of space. »

Avec un plaisir malsain, en bavant dans sa Thermos de thé à la pêche, le professeur de Stony Brook nous avait conté par le menu les circonstances de la mort du poète, le 25 juillet 1966, à l'hôpital de Mastic Beach, le lendemain de l'accident. Aux premières heures de cette journée, O'Hara, de retour d'une fête entre amis dans un bar-discothèque, a été renversé au pied d'une dune du hameau de Water Island, près de Cherry Grove, par une Jeep ou un buggy (le professeur n'était pas sûr de lui), alors que son taxi était tombé en panne. Paraît-il, ses derniers mots, adressés à l'infirmière, dans un sursaut de conscience, ont été prononcés en français. On meurt comme on peut.

J'avais alors trente-cinq ans, j'étais encore dadais. La farandole des cerfs-volants entre le sable et le ciel instable m'intéressait bien plus que ses élucubrations sur le drame du poète. À part les jeunes enfants et quelques délurés, personne n'osait se baigner : l'eau était glacée et malpropre. J'étais indisposé, ma compagne me boudait, et notre fils, souffrant d'un bégaiement précoce, s'ennuyait malgré les seaux, les pelles, les râteaux en plastique et les parties de trampoline au club de la plage. Le sable, couleur de cassonade, était d'une froideur désagréable. Déjà, ce qu'on appelle fibre paternelle s'était asséchée.

C'est à peu près tout ce que j'ai pu sauvegarder de cette journée, embusquée dans un coin de mon infidèle mémoire. Fire Island est redevenue une simple image, bloquée dans le tréfonds du passé, sans ramifications ; comme si l'améliorer m'était à jamais défendu. Il était, d'une certaine manière, inachevé dans le souvenir, imparfait et déficient. Tout jadis revisité ou tout naguère ne serait donc qu'une mémoire qui a joui ? Même de travers ?

Je n'ai qu'un seul regret, celui de n'être pas allé à Sunken Forest, à l'autre bout de Fire Island, dans les environs de Sailors Haven. Mais on ne parlemente pas avec le remords. Charlie m'a appris plus tard que vivent là, en totale liberté, dans ce qui tient plus d'une étendue boisée bordée par des dunes herbeuses, que d'une véritable forêt, des centaines de chevreuils protégés par les autorités, parmi les sassafras et les amélanchiers. On y trouve également de nombreux lapins des marais. On dit même que de temps à autre, on peut apercevoir quelques daims solitaires qui s'aventurent un peu plus loin, jusqu'au bord du rivage de Cedar Beach, taches fauves et mouvantes sur fond de sable et de mer.

Fire Island, je n'y remettrai jamais les pieds. Et je ne veux même plus en entendre parler.

Sur le ferry du retour m'est venue une idée de titre pour la plaquette de poèmes que j'allais publier prochainement, et que Ferlinghetti, auteur d'*A Coney Island of the Mind*, avait accepté de coéditer chez City Lights : *Brooklyn : sketches,* des vers de désamour, de douleur et de rage.

Des années plus tard, on m'a fait découvrir les *Songfest* pour orchestre de Leonard Bernstein, où Frank O'Hara est mis à l'honneur, en compagnie de quelques autres. Puis ce fut une œuvre vocale de Morton Feldman, un natif du Queens, explorateur des sons, ciseleur de silences, qui a écrit une pièce d'après le même O'Hara, et un quatuor à cordes aux portées aléatoires, comme suspendu dans le temps, qui pouvait s'étirer sur plusieurs heures. Ce serait, dit-on, l'œuvre musicale la plus longue jamais composée.

LE BLUES DE LORCA

Je l'appelle affectueusement la petite bande, ou ma *gang*, comme disent les Québécois, celle qui m'accompagne depuis des années, formée par Hemingway, Stravinsky, Britten, Maïakovski, Carpentier, Sartre et Beauvoir, Aragon, Cocteau, Ginsberg, Brodsky et quelques autres. J'allais oublier les deux esprits opposés, les deux destins dissonants – sans doute comme Charlie et moi – : Morand et Lorca.

S'il a moins arpenté le globe et négligé le pli de ses chemises et le nœud de ses cravates, Federico García Lorca reste le flâneur-observateur-viveur préféré de ma petite clique.

On aurait pu le surprendre à la sortie du Metropolitan Opera, un soir d'hiver ; croiser sa silhouette sur le pont de Brooklyn, les yeux hésitant entre le vert de la baie et le gris qui tourne au blanc du ciel cisaillé de gratte-ciel. Peut-être même l'imaginer concentré sur son carnet, après sa visite à Wall Street griffonnant quelques vers condamnant le spectacle de l'argent du monde jeté à la corbeille, et dénonçant « l'exaltation dionysiaque de la monnaie. » Ou bien encore, chantant dans les rues de cet Harlem les airs folkloriques andalous qu'il a adaptés et harmonisés. Et laissons-le recueilli dans une église orthodoxe russe baignée d'encens, où il avait hésité à entrer, ou en grande conversation avec le rabbin de la synagogue hispano-portugaise.

Quand Federico García Lorca débarque de l'*Olympic* armé par la White Star Line le 26 juin 1929 à New York, pour un séjour de six mois, il est déjà un poète reconnu, et attendu sur place par la communauté artistique espagnole, venue saluer l'auteur du *Romancero gitano,* où il chante avec ardeur les amours charnelles, la lune et la nuit tremblante, les roses et les jacinthes, le couteau des Gitans, et l'ermitage de San Miguel à Grenade.

Sur place, alors qu'il s'est inscrit à l'université de Columbia, l'Andalou multiplie les rencontres, donne des conférences sur la poésie et la musique andalouse, déambule, perd son chemin, et s'étourdit de la ville démesurée ; enfin, il découvre le jazz. Quelques amis et compatriotes font le bonheur de ses soirées : le guitariste Andrés Segovia, le poète León Felipe, qui a traduit Whitman, la ballerine et chanteuse La Argentinita, débutante dans cette nouvelle capitale de la nuit qu'on appelle Broadway, et la soprano Lucrezia Bori, vedette du « Met » et du gramophone à 78-tours.

Lorca est un sensitif aux aguets, un homme à sensations : peu lui importe que son anglais balbutiant ne lui ait pas permis de saisir tous les propos qu'on lui a tenus. Il s'en accommode et c'est très bien ainsi.

Il aurait pu croiser Libby Holman, qui se produisait sur scène, au Music Box Theater, dans *The Little Show*, un énorme succès qui se prolongea jusqu'au début 1930, marqué par son interprétation de *Moanin' Low*, qu'aurait adoré Lorca, lui qui a toujours eu un faible pour les brunes fragonardes et l'amour sorcier.

Federico García Lorca écrit, fébrile, tendu et inspiré par la ville électrique et sans sommeil, cette monstrueuse merveille aux beautés imprévisibles, celle qui excite le « cheval bleu de sa folie », selon son expression. Il compose, plutôt, jouant sur les tonalités, du majeur au mineur, avec pour basse continue la rumeur, celle qui s'échappe de Wall Street, des usines de Brooklyn, des quais du métro aérien, du blues des rues, de la mêlée humaine, des rondes d'enfants dans Central Park, des faubourgs populeux du Queens, celle qui traverse les troncs d'arbres, les cages d'ascenseur et la « terrible multitude » ou encore des théâtres de la 42e Rue et des bars clandestins. Et pour finir, le chambard qui a suivi le premier krach boursier de l'Histoire, le 24 octobre 1929, dit le Jeudi noir.

Du cri à la lamentation, de l'épique à la confession, c'est une trentaine de poèmes que Lorca a réunis dans son recueil *Poeta en Nueva York,* complété par une ode musicale aux Noirs de Cuba, où il se rendra quelques mois plus tard. Des vers qui filent en méandres et en arabesques, de Battery Park au pont de Brooklyn, célébré dans un *Nocturne,* en passant par Chinatown, le sommet du Chrysler Building et la fête perpétuelle de Coney Island, qu'il visite au début de l'été, avec, dit-il, « ce regard qui tremble nu dans l'alcool », alors qu'il surprend une femme obèse vomissant sur le sable.

Dans l'original : « Esta mirada que tiembla desnuda por el alcohol. »

Voilà bientôt vingt-cinq ans que je traîne avec moi un exemplaire défraîchi de son recueil, gâté par les mouillures et les rousseurs, acheté d'occasion à Ségovie pour 300 pesetas, 106 pages agrémentées de clichés en noir et blanc.

Éclatante, troublante, *L'Ode à Walt Whitman* s'ouvre à la page 86. Jc l'ai toujours vue comme une espèce de psaume païen adressé aux « tapettes du monde entier, assassins de colombes ».

> « Et toi, beau Walt Whitman, dors sur les rives de l'Hudson,
> avec ta barbe tournée vers le pôle et les mains ouvertes.

De tendre argile ou de neige, ta langue
appelle
des camarades pour veiller ta gazelle sans
corps.
Dors : il ne reste plus rien. »

C'est à la page 90 :
« Y tú, bello Walt Whitman, duerme à orillas
del Hudson
con la barba hacia el polo y las manos abiertas… »

On peut imaginer que la poésie Whitman fut évoquée par Lorca lors de sa rencontre avec un autre admirateur du barde de Brooklyn, Hart Crane, qui venait d'achever son long poème *The Bridge*. Lorca l'avait rejoint chez lui, sur Columbia Heights, au niveau de Pineapple Street. Crane, le voyou flamboyant, entouré de matelots, de mécanos, de pilotins et de dockers venus de la proche Brooklyn Navy Yard, complètement ivre, l'aurait pris de haut, lui hurlant des bribes de son poème sur le pont de Brooklyn, puis lui susurrant à l'oreille les strophes de *O Caribe Isle !*, évocation de ses longs mois en compagnie de Waldo Frank sur l'île des Pins, rebaptisée depuis Isla de la Juventud.

Crane ne parlait pas un mot d'espagnol et Lorca n'entendait rien à l'argot new-yorkais. Le mauvais français fut donc leur langue de communication. Selon d'autres témoignages, la rencontre aurait eu lieu dans un bistrot borgne des environs avec un compatriote de Lorca – mis en émoi par cette virile assemblée – faisant office d'interprète.

Une chose est à peu près sûre : Lorca se méfiait de cet hurluberlu, prêt à faire le coup de poing à la moindre contrariété. On avait prévenu l'Andalou : quelques semaines auparavant, Hart Crane, alors exilé à Paris, avait passé plusieurs jours à prison de la Santé après en être venu aux mains avec des flics à la terrasse du Select, où il avait refusé de payer ses nombreux verres de whiskey.

Comme souvent, un accès de mélancolie voluptueuse s'empare de l'Andalou, tristesse pénétrante qu'il se plaît à exciter et qu'il retrouve dans les déchirements du flamenco et du *cante jondo* (*seguiriyas, soleares,* fandangos chaloupés, *martinetes* chantés *a cappella*...), et le *duende* qui met l'âme criante à nu.

Ses impressions ont un goût amer : le poète n'a rien à avoir avec ce pochetron qui trousse des vers abscons, prétentieux, et qui lui fait perdre son temps. Lorca, une nouvelle fois, songe à des nuits tendres. J'aurais beaucoup donné pour assister à ce dialogue improvisé, à quelques encablures du pont de Brooklyn, à l'heure où le crépuscule change le décor du ciel, dans un bleu mourant.

Crane périra noyé deux ans plus tard dans le golfe du Mexique, alors que son navire, l'*Orizaba*, faisait cap sur La Havane. Meurtre ? Suicide ? Avait-il chanté à Lorca le refrain de *I'll See You in*

C-U-B-A, une rengaine démodée et guillerette du début des années 1920 ? On ne sait rien de plus de ce rendez-vous manqué de deux monstres sacrés et rebelles de la poésie, sinon que Lorca est revenu dessus à demi-mot dans son recueil américain, parlant de rêves impossibles, et de cœurs mis à vif. Ces deux-là n'avaient finalement rien à se dire.

Je le vois, l'imagine, par cette soirée de décembre, à quelques jours de Noël. La neige tombe à petits flocons sous les arches en ogives du pont de Brooklyn, entre les haubans d'acier ; le vent siffle à peine. La chape du ciel est bordée d'ouate gelée. C'est un froid piquant, qui éveille les chairs. Lorca est seul, seul avec ses songes, perdu dans les échos de la ville, dans le tournoiement de ses images, celles qui bientôt embelliront ses vers, invraisemblablement heureux dans les échos du temps, la houle du temps.

Passent des chérubins emplumés, des cigognes ivres sous une lune en forme d'éventail, des papillons cloués, des iguanes assignés comme sentinelles, des statues immaculées ; mille yeux le scrutent depuis le firmament où personne ne dort ; Wall Street est devenue une pyramide de musc, le théâtre est un poison. Il franchit la voie réservée aux tramways, s'approche de la rambarde poudrée de blanc, recule d'un pas, inspire avant de pousser un cri, un grincement de fauve, pour répondre à cette « angoisse imparfaite de New York » qui le taraude et l'épuise. « Alerta ! Alerta ! »

Deux, trois minutes s'écoulent ; le silence ne vient pas. Il prend sa tête dans ses mains glacées. Il pleure. Mentalement, il note et répète : « L'académie de mes rêves s'apprête à ouvrir ses portes ». Mais à l'oreille de qui le dire, le chuchoter ? Toujours guetter la beauté au moment où elle va s'élancer vers le monde et conquérir les espérances. Un frisson, puis l'apaisement. La nuit est enveloppante.

Des hallucinations qu'il appelle à cor et à cri, des images quasi surréalistes, des espoirs, du désir opulent et du frottement des corps, des caresses et des effrois, il ne dira mot à ses parents, à qui il écrit régulièrement de longues lettres, depuis son arrivée. Tout va bien du côté de Grenade et sur les rives de l'Hudson. Lorca est un enfant sage.

Ce sont désormais des tourbillons de gros flocons qui l'enveloppent et l'aveuglent. La nuit du Capricorne a tranché ses amarres. Lorca a renoncé à terminer sa traversée avec pour but le Fulton Ferry Landing célébré par Whitman avant la construction du pont (« Stand up, tall masts of Mannahatta ! – stand up, beautiful hills of Brooklyn »). Mais ce sont d'autres vers qui lui reviennent en tête, tirés du poème « Crossing Brooklyn Ferry » :

« Flood-tide below me ! I see you face to face ! (…)
Just as you feel when you look on the river and sky, so I felt,
Just as any of you is one of a living crowd, I was one of a crowd… »

Federico García Lorca n'entendra jamais son adaptation de *Yerma* par Paul Bowles ni ses quatre poèmes de jeunesse mis en musique pour voix de femme et piano, en 1944. Pas plus que le requiem poétique qui lui avait dédié son ami Antonio Machado, *El crimen fue en Granada*, adapté par Elie Siegmeister, résident de Great Neck, au nord de Long Island, deux ans après l'assassinat de Lorca, le 18 août 1936, aux portes de Grenade, fusillé par les miliciens franquistes.

Il avait trente-huit ans. Le corps du poète des oliviers et des clairs de lune a été jeté dans la fosse commune ; ses restes n'ont jamais été identifiés.

Son aîné andalou, Juan Ramón Jiménez, nous a laissé dans son *Journal* de belles pages écrites en 1916 sur la Long Island champêtre, et que Lorca admirait. Il avait profité de ce séjour de quatre mois pour visiter à Huntington la petite maison jaune de Walt Whitman, le long de la voie ferrée, pour goûter aux étourdissements des paysages et aux levers du soleil, enchanté par cette île douce, harmonieuse et ondulée, aux sentiers poétiques, aux plaines qui s'ouvrent au vent, aux oiseaux infinis.

De Whitman, Juan Ramón Jiménez disait qu'à lui seul, par le souffle et la puissance de ses vers, il avait fait passer le peuple américain de l'innocence à la démocratie. Et je ne sais plus quel écrivain faisait également remarquer qu'il fut le premier poète à comprendre et à percevoir l'Amérique comme une vocation.

STATEN ISLAND

C'était il y a six ou sept ans. Notre toute dernière rencontre : Papa, Charlie et moi. Le paternel venait de subir un double pontage cardiaque, et voyant l'ombre de la faucheuse rôder, après une vie d'excès en tous genres, avait demandé–à ses deux enfants, ses deux fils, de se réconcilier en sa présence, afin de pouvoir partir l'esprit en paix.

Pour Charlie, c'était simple : il vivait alors dans le nord du Queens, dans les parages de Corona ou de Jackson Heights, non loin de l'aéroport LaGuardia, je ne sais plus, ou plutôt, il vivotait, enchaînant depuis de longs mois des emplois subalternes : videur dans une discothèque, livreur de pizzas, gardien de parking, vendeur d'articles de sport… On lui avait confié la gérance d'une station-service d'où il a été débarqué après cinq jours. Comme il fallait s'y attendre, son livre de photos sur les filles-mères originaires d'Amérique centrale, échouées ici, avait été un fiasco. Et pour lui, une nouvelle désillusion.

Sa compagne d'alors était une petite garce originaire du Guatemala, une péronnelle, une demi-catin, qui faisait la gogo-girl dans des boîtes où jamais je n'aurais osé mettre les pieds. À l'époque, j'étais encore citoyen parisien, désargenté, contraint de prendre un crédit à la consommation pour payer mes frais de voyage et de séjour, prévu pour une petite semaine. Charlie avait refusé de m'héberger. Nous étions brouillés depuis trois ans, à la suite d'un malentendu financier.

L'hôtel qu'il m'avait conseillé, situé non loin de son domicile, était sans charme, trop bruyant et pour tout dire, peu rassurant, à quelques pas du métro Elmhurst Avenue, en plein quartier latino, avec vue depuis ma chambre mansardée sur la tour de contrôle de l'aéroport LaGuardia, et en contrebas, sur une arrière-cour crasseuse. C'est dans les environs, dit-on, que le jeu de Scrabble a vu le jour, à la fin des années 1930, dans le presbytère d'un temple de l'Église méthodiste.

Je l'ai rapidement regretté : mal m'en a pris de n'être pas descendu dans un hôtel de Staten Island, même s'ils sont rares, pour me rapprocher du *Padre*, et être au calme pour quelques jours. J'en avais besoin. En échange de quoi, me voilà, gringo désorienté, replongé dans le chaudron sud-américain, au rythme du reggaeton poussé à fond dans les rues, avec pour compagnie le fumet des bananes frites, le parfum des goyaves et les relents de maïs grillé, entre les moutards torse nu, les bonimenteurs avec croix dorées en sautoir, les *dreamers* paumés et les Colombiennes fessues. Il suffisait de fermer les yeux pour se retrouver dans les artères animées et pleines de touffeur de Centro-Habana. Et me voilà dix ans en arrière, quand ses senteurs familières m'excitaient plus que de raison.

J'étais alors dans *mon* île, où je tirais le fil des jours et des lendemains, le déroulé des nuits, examinant la vie qui passe en soi. La distinction des saisons.

L'entrevue avait été brève, à mon grand désarroi. Les embrassades et les politesses, écourtées. Papa était fatigué, de mauvaise humeur, inquiet comme on l'a toujours connu. Il avait maigri, ses mains tremblotaient, qu'il glissait régulièrement dans les poches de son peignoir de chambre fripé et lustré. Il semblait habité par la peur, une peur très douce. Déjà, il s'enfonçait dans une noirceur croissante, et en avait pleinement conscience.

Pendant quelques semaines, alors qu'il avait toujours proclamé haut et fort son athéisme, il avait eu une espèce d'appel spirituel, comme si la question de Dieu le tourmentait. Chaque vendredi, il allait donner un coup de main dans un entrepôt ouvert par l'Église, au sud de Staten Island, à Pleasant Plains. C'était un ancien pensionnat catholique pour enfants maltraités ou abandonnés. Aujourd'hui des milliers d'objets hétéroclites s'y entassent pêle-mêle, en provenance de lieux de culte abandonnés et d'églises déconsacrées de l'État de New York, de plus en plus nombreuses, du comté du Suffolk à Buffalo en passant par Manhattan : sculptures en parfait état, burettes, ciboires et calices d'argent, étoles précieuses, chandeliers, vitraux, fauteuils au velours passé, autels en bois, tabernacles en bois ouvragé, bénitiers, fonts baptismaux en bronze, encensoirs et ostensoirs, crucifix... Trois mois durant, Papa avait dressé l'inventaire provisoire de cette arche de Noé moderne et désolée, avant de finalement abandonner.

Je lui ai promis, s'il préférait, de repasser le lendemain ou le surlendemain, quand il se sentirait d'attaque, lui rappelant que j'avais parcouru six mille kilomètres pour le revoir. Charlie restait silencieux, dans un recoin du salon. Le *Padre* parlait à tire-larigot, nerveusement, mélangeant les mots d'anglais à des expressions françaises... C'était une revue de détails sur le passé, la guerre, les illusions amères, l'espoir animal d'une vie réussie, les vertus de la cordialité et de la fraternité, valeurs qu'il plaçait au-delà de tout, la monotonie des journées, l'histoire de son père miroitier et veuf à deux reprises, nos vacances familiales en Suisse, en Normandie et en Bretagne, sa première femme, ses deux fils, les gesticulations diplomatiques de

Barack Obama, les courses hippiques, le championnat de football, les matchs du Stade Brestois, et la France dont la nostalgie le tourmentait. Au fil des ans, son univers s'était rétréci, quelques soucis communs, des manies ridicules rythmaient ses heures et ses jours, qu'il jugeait interminables et ennuyeux. Papa n'était plus qu'un corps souffrant, avec des maux sournois et des remèdes, des images de moins en moins nettes, des souvenirs dilués, et qui le tourmentaient, comme des châtiments.

D'une voix faible, le regard vague, il nous avait enjoints : « Quand je serai sous terre, arrêtez de faire les cons, tous les deux. Je n'ai pas envie de passer ce qui me reste d'éternité à me retourner dans la tombe. »

On l'a installé près de la baie vitrée de la maisonnette où il vivait depuis de longues années avec sa seconde femme, partie pour la journée au chenil qu'elle gérait tant bien que mal, près de Richmond. À son signal, on s'est rapprochés de lui. Il nous a à nouveau pris dans ses bras. « Maintenant, serrez-vous la main, les yeux dans les yeux, au nom de l'esprit de famille. L'heure du pardon a sonné. Je crois qu'il est temps. » C'est moi qui ai fait le premier pas. Charlie regardait ses pieds. Notre brouille n'était qu'une broutille, après tout, mais tenace, une discorde intime, comme disait le *Padre*. Un point c'est tout.

Il n'attendait que ça pour sortir le schnaps. Je l'ai arrêté net. « Garde ta gnole pour d'autres occasions. J'ai rapporté de France un excellent calva, trente ans d'âge, un Père Jules, brut de fût ! Ça te rappellera le pays. »

Il s'est levé avec difficulté, et a essayé de brailler : « Allez, cul sec, mes gaillards ! Et que Dieu vous prête vie ! Demain il fera nuit. » La bouteille a tourné, les verres se sont vidés, en silence. On est ensuite passés dans le jardinet où grimpait un rosier sauvage dont il prenait grand soin, entre un palmier nain et une bordure de géraniums. À deux reprises, il a dit, en riant, un œil sur le barbecue électrique : « La seule façon de ruser avec la mort, c'est de jouter aux osselets. » Et puis, la tirade est partie, impromptue. « Charlie, c'est à toi que je parle. Je crois que je t'ai assez vu, même si tu nous ne rends visite qu'une fois par semaine, quand tu y penses. J'ai fait mon temps ici, je crois. Plus d'un quart de siècle que je vis à Staten Island. Il est temps pour moi, avant le dernier voyage, de retrouver le sol natal. Bettye me suivra, si elle en a envie, mais sans ses chiens et ses chats. Peu importe sa décision, après tout. Elle a encore de belles années devant elle. Je le sais, elle me survivra. »

La mort hantait le grand taciturne, comme l'appelait Charlie, la mauvaise mort, la piteuse fin de parcours, le trépas quelconque, raté par ces ultimes jours d'insupportables souffrances.

Il a quitté son siège, posé les poings sur le guéridon de bois, ranimé son regard usé, et s'adressant à moi : « C'est à toi de jouer maintenant. Tu es l'aîné. Débrouille-toi pour me trouver un établissement confortable, sur la côte normande. Pour le rapatriement sanitaire, le financement, je m'en accommoderai. » Il avait poursuivi : « Ici, la mer est triste, d'ailleurs ce n'est pas vraiment la mer, pas même un fleuve ou un bras d'eau, simplement une baie qui ne fait pas rêver, et le ciel est d'une grande banalité, comme tout ici. Monotone et toujours hésitant. Et pour couronner le tout, mes voisins sont de sales emmerdeurs. »

Malgré les difficultés, les procédures interminables, les tracasseries de toutes sortes, j'avais tout fait pour exaucer ses vœux, avec succès et sans rien laisser au hasard. Charlie avait même mis la main à la pâte et au porte-monnaie.

Papa ne souffrait plus. Il nous a quittés quelques semaines après son retour au pays natal, sous l'azur normand. Sa fin a été miséricordieuse. Il faisait beau soleil, ce jour-là ; on fêtait Sainte Thérèse. L'heure était venue de tisser le deuil, comme on le ferait d'un drap, d'un tapis sans motif. Je n'étais pas prêt.

À Staten Island, il nous avait dit : « La mort, la grande délivreuse, viendra me chercher accompagnée d'un fracas de guerre ou dans la douceur d'une berceuse. »

Videz les océans, éteignez les étoiles.

Je le revois, sur le pas de la porte, avec son sourire d'enfant, indifférent aux clameurs du monde, sa carcasse sans joie qui n'en pouvait plus, le peignoir de chambre dénoué, les couilles à l'air. Une brusque volée d'oiseaux avait accompagné sa main levée en signe d'adieu. L'image m'a accompagné alors que les stations du train régional défilaient le long d'un paysage plat et décharné, composé de trous de verdure et de maisons sans caractère : Grant City, Dongan Hills, Grasmere... Charlie a pris le ferry à Saint George, en solitaire. Dans moins d'une demi-heure, il sera à Whitehall, la proue de Manhattan, où il reprendra sa voiture.

J'ai marché le long de la côte, vers l'ouest, avec pour point de repère le clocher élancé d'une église perchée sur un promontoire, auquel on accède par un raidillon, la vieille catholique Saint Peter's Church, à la grandeur imposante. J'étais en proie à mes pensées, à mes fictions, aux interstices du passé. On subit ce que l'on est. Dans toute sa violence. Voilà.

Les propos de Papa, en attendant la nuit de toujours, désormais à la merci de son propre corps, résonnant dans ma tête, formant une constellation sonore et fuyante, un archipel amputé de souvenirs périssables et de séquences d'hier, harcelants, recomposés. Et cette question lancinante, avant l'échéance fatale : qu'avait-il réussi dans sa vie à la chronologie disloquée ? Vie dans laquelle je ne voyais qu'une narration imparfaite, inachevée. Et ce regret accablant, qui me poursuivra jusqu'à la fin de mes jours ; jamais, lui qui n'a jamais fêté ni souhaité nos anniversaires, ne nous a dit : « Je vous aime ». Était-ce si difficile à dire ? Il aurait préféré avaler sa langue. Pourquoi n'a-t-il jamais cru aux grandes orgues de la sincérité ?

Cela revient à ma mémoire : il n'avait lu en tout et pour tout qu'un seul livre, probablement vers l'âge de vingt ans, et ce dont il se vantait : *Cellule 2455. Couloir de la mort* de Caryl Chessman. Pas même Jules Verne, Alexandre Dumas ou un *San-Antonio*.

Les derniers mots que Papa a prononcés en ma présence furent : « Merci à toi. Je rêvais d'un nid où les arbres repousseraient la mort. » Il préparait son *Libera me*, lui qui n'avait cru en Dieu, plus ou moins indifférent aux légendes des saints et des martyrs, malgré un sursaut de spiritualité à la fin de sa vie. Cet âge est sans pitié.

Le temps avait fait son sale boulot.

Tout un diorama mal assemblé bordait les deux côtés de la route à la circulation intense : un centre commercial d'une laideur sans nom, un magasin d'articles de pêche, entrepôts, jardineries, chantiers inachevés, docks abandonnés, garages, monuments dédiés aux pompiers victimes des attentats du 11 – Septembre et le plus petit et le plus ridicule Dunkin' Donuts que je n'aie jamais vu, perdu au milieu de tout ça. À tribord, la silhouette somnambule de la Statue de la Liberté, et, sur bâbord, le profil du Bayonne Bridge qui relie Staten Island à l'État du New Jersey. Entre ces deux balises, la ronde fascinante et sans fin des vedettes, des transbordeurs, des imposants vraquiers, ferries aux profils de gros insectes, rouliers, péniches à la proue arrondie, cimentiers, pilotines aux scintillantes traînées d'eau... Tout au loin, ce qui ressemblait à un bâtiment de guerre : aviso ou patrouilleur ? Et l'air embelli d'une lumière quasi angélique.

Au bout d'une heure, trempé de sueur, j'étais arrivé à Snug Harbor, après avoir passé New Brighton et quitté la route de Richmond Terrace. C'est à la fois un havre de salut et une oasis de silence harmonieux, de verdure, fréquentée pour ses jardins botaniques, dont le White Garden, où je me suis attardé, enchanté par ce lieu agréable. Là s'épanouissent les hellébores, les iris, les roses blanches, les anémones les plus variées, et des lys en beauté.

Le capitaine Thomas Melville, frère cadet de Herman Melville, simple inspecteur adjoint des Douanes du port de New York, payé 4 dollars par jour, après l'échec de *Moby Dick* et de ses livres suivants, avait été gouverneur de la place, dans la deuxième moitié du XIXe siècle, aménagée alors en lieu de repos et de refuge pour les retraités de la Marine marchande. Sa demeure officielle avec véranda, signalée par une plaque commémorative fichée dans le gazon, aux murs blancs écaillés, treillissés de vert, est toujours sur pied, comme les quelques cottages qui y ont été restaurés, entre les bâtiments à colonnes de style néogrec, à quelques encablures des tourelles crénelées d'un château dressé dans le Secret Garden, et qui accueille les groupes scolaires.

Ce n'était pas à Staten Island, mais à Boston que Herman avait embarqué en rejoignant son frère Thomas, capitaine du clipper *Meteor*, pour franchir une dernière fois le Cap Horn, au printemps 1860, neuf ans après la publication de *Moby Dick*.

Une vingtaine d'années avant l'ouverture de la salle d'enregistrement d'Ellis Island, deux îles artificielles avaient été créées au sud de Staten Island pour y placer les migrants suspectés de typhus ou de choléra en quarantaine : Hoffman, la plus grande, d'une superficie de quatre hectares, et Swinburne. Quelque temps avant la Seconde Guerre mondiale, elles avaient été aménagées en centre de formation pour la Marine marchande, jusqu'en 1947.

De nos jours, c'est ce que m'apprendra plus tard Gerli, ces îlots sont protégés et constituent une réserve naturelle d'oiseaux de mer, peuplée principalement des hérons verts, qu'on appelle kayali aux Antilles, de goélands, d'ibis falcinelles et d'aigrettes neigeuses.

Une nouvelle fois, me sont revenus en mémoire les bouts de terre vaseux et désolés qui annoncent les îles de Mazzorbo et de Torcello : San Giacomo in Paludo et l'ancien dépôt de poudre et de munitions de la Madonna del Monte, vues pour la dernière fois il y a un an, depuis le vaporetto, avant d'aller admirer les mosaïques byzantines du Jugement dernier, dans la basilique de Santa Maria Assunta.

C'est là que j'avais cru entendre la voix déficiente de mon père me disant : « L'homme a besoin de faiblesse et je suis condamné par la mémoire. » Jamais je ne pourrai donner sens à ces mots. Et le cœur qui monte aux yeux.

DE STALINE À BAMBI

C'est une petite ville sans importance, que rien ne distingue des autres bourgades de la classe moyenne, située à quelques kilomètres au sud de Hempstead, à laquelle elle est rattachée administrativement, et bornée au sud par East Rockaway, comté de Nassau. Le pâtissier niçois Henri Charpentier, inventeur de la crêpe Suzette à Monte Carlo, y avait tenu un restaurant huppé agrémenté de jardins fleuris, sur Scranton Avenue, entre 1910 et 1938.

L'autre personnage illustre de Lynbrook (soit les syllabes inversées de Brooklyn), est Whittaker Chambers, où il a grandi, au début du XXe siècle. Le village comptait quelque 200 âmes, essentiellement des commerçants, des paysans et des pêcheurs travaillant sur les parcs à huîtres et les bouchots. Aujourd'hui, près de 20 000 personnes vivent dans ce canton sans caractère du chapelet de *suburbs* de Long Island, sur cinq kilomètres carrés tout au plus, avec ses quartiers pavillonnaires et son Atlantic Avenue.

En Europe, son nom ne nous dit rien. Aux États-Unis, Whittaker Chambers avait défrayé la chronique, au début de la Guerre froide, lors des séances à rebondissements de ce qu'on a appelé alors le procès du siècle qui coupa en deux le pays, et qui précéda de quelques mois l'affaire Rosenberg. Mon père avait alors douze ans.

J'avais emporté avec moi un florilège de ses articles écrits dans les années 1930 et 1940, principalement pour le *Time*, ainsi que *Witness*, son autobiographie à succès. C'est son ami proche, James Agee, rebelle à toute convention, l'auteur de *Brooklyn Is,* sans aucun doute le meilleur livre écrit sur cette partie de la ville, et de *Louons maintenant les grands hommes*, reportage sur les ouvriers agricoles et les petits métayers de l'Alabama, victimes de la Grande Dépression, qui m'avait conduit jusqu'à lui.

Les deux volumes sont bien en place sur l'étroit bureau, aux côtés d'une figurine en bois peint de Saint François prêchant aux oiseaux, empilés au-dessus des *Cahiers d'écolier* de Claude Ollier, pour ses passages écrits à Long Island, du *Poeta en Nueva York* de Lorca, d'un recueil de textes d'Aaron Copland, des poésies de la Brooklynoise Marianne Moore, qui portait deux montres au poignet gauche, comme Fidel Castro, et d'un essai sur New York et la prohibition, *Dry Manhattan*.

Cette figurine tout en camaïeu de bruns ocrés, j'y tiens par-dessus tout ; elle m'accompagne dans mon quotidien et mes pérégrinations, me protège (du moins j'y crois), m'observe, comme le ferait un ange gardien muet, mais fidèle. Un cadeau reçu qui témoigne aussi de l'intense amitié amoureuse qui m'avait lié à une femme, extravagante quand il le fallait, au cœur généreux, à la bouche divine, il y a une dizaine d'années de cela.

C'est elle qui m'avait abandonné, sans heurts ni pleurs, et ça tombait au pire moment, dans un intervalle particulièrement épineux de ma vie. Depuis, le santon du chantre d'Assise a perdu l'oiseau qui picorait dans sa paume droite, au cours de mon précédent déménagement.

Le deuxième présent qui me rattache à elle est une frivolité du joaillier Codognato, offerte à Venise où l'on avait improvisé un demi-mariage païen, et que je ne glisse à l'annulaire gauche que dans les occasions exceptionnelles ; une sorte de vanité, de *memento mori* monté sur bague en argent noirci, avec une tête de mort émaillée couronnée d'or, aux orbites serties de pierres vertes. Je la porterai au mariage d'Anastasia et de Charlie, qui avait insisté, en la découvrant dans son écrin, pour me la racheter 3 000 dollars, cash. On était loin du compte, et de toute façon, le bijou n'était pas négociable.

Sur la couverture de *Witness*, Whittaker Chambers apparaît pris de trois quarts, le visage inquiet sous son Borsalino, le menton gras ; il porte un veston mal ajusté qui s'ouvre sur un ventre renflé dans une chemise blanche, où flotte une courte cravate, *alla* Oliver Hardy. La photo en noir et blanc aurait pu être prise pendant le tournage d'un polar d'Hollywood ou d'un film d'espionnage de série B. Avec sa gueule de l'emploi, il aurait excellé dans les seconds rôles de minable vicelard, de salaud ou d'indic.

En moins de douze années, Chambers était passé du statut de militant du Parti des travailleurs américains, puis d'agent secret à la solde des services de renseignement soviétiques, à celui de repenti et de patriote anticommuniste à la virulence outrancière. Après avoir lu *Witness*, André Malraux lui aurait écrit : « Vous n'êtes pas revenu de l'enfer sans les mains vides ».

J'ai marqué le livre à la page 151, qui clôt le chapitre de sa jeunesse. La radio (WNYC) passait une chanson au groove chaloupé, avec un motif lancinant joué au piano. Le speaker a annoncé : Helado Negro, puis a parlé de *dream-pop* et de *new electronic low-fi*. Je n'ai pas noté le titre de la rengaine. Charlie devrait pouvoir m'éclairer à ce sujet.

Depuis toujours, ce sont les années de formation et d'éveil au monde qui m'intéressent en premier lieu. Pour Whittaker Chambers comme pour les autres personnages qui m'intriguent ou que j'admire. Et jusqu'à l'âge d'homme. Pour en tirer des portraits en chair et en sang, avec leurs parcours de découvertes, d'errements et d'échecs, d'émerveillement, leurs étapes désordonnées, déterminantes pour l'avenir.

Trois ans plus tôt, en 1926, son frère cadet Richard avait réussi sa mort volontaire après plusieurs tentatives de suicide au gaz ; il avait vingt-trois ans à peine. Chambers regrettera à jamais de n'avoir pas été suffisamment à son écoute, et de l'avoir laissé dériver dans la boisson et la neurasthénie. Au cours d'une de leurs dernières conversations, à Lynbrook ou à Rockville, Richard lui avait confié son mal de vivre, arguant qu'ils étaient deux jeunes gens sans espoir, bien trop doux pour affronter le monde. Il avait ajouté, avec une brutalité qui les avait surpris tous les deux : « The folly of life, the need to end it. »

Un père dessinateur de presse, qui multiplie les escapades, une mère vaguement artiste, descendante de Huguenots, Laha, qui donne des rudiments de français à ses enfants et leur chante *Au clair de la lune*, et qui leur fera apprendre le russe; Charles le grand-père maternel, qui lui fait découvrir *Les Misérables*, que le jeune Whittaker lira à plusieurs reprises, dans l'original. Le livre de la justice humaine et de la compassion, dira-t-il, qui l'a poussé à adhérer au Parti communiste puis à le quitter. Les longues pages qu'il lui consacre dans *Witness* comptent parmi les plus captivantes.

Chambers nous dit sa fascination pour la damnation des gens de peu, marginaux, réprouvés, bannis, déviants de toutes sortes, insoumis ; clame sa colère tremblante contre leur asphyxie sociale, et son admiration pour le personnage de l'évêque de Digne. « Ce roman m'a appris en premier lieu que la vertu première de la vie est l'humilité, note-t-il, celle qui transcende l'ambition, l'arrogance, l'orgueil et le pouvoir, qui ne sont que les stigmates de notre médiocrité, et, pour tout dire, la trahison des valeurs de l'âme humaine. »

Son enfance et sa jeunesse ont été affectées par une pauvreté humiliante. La rage – sinon le ressentiment – sera son énergie. À force d'économies et de sacrifices, sa mère parvient à acheter un phonographe ; le dimanche matin, on écoute pieusement Caruso et des airs de Bel Canto.

Chambers est un bon élève, qui va s'épanouir à la Columbia University. Là, il se fait remarquer en publiant une pièce dadaïste sur la Passion du Christ. On l'accuse d'hérésie et de blasphème. Il quitte l'université et trouve un emploi subalterne à la New York Library, d'où il sera licencié pour y avoir volé de nombreux ouvrages.

En 1928, alors qu'il est en couple avec une artiste peintre, fille d'émigrés juifs de Moldavie, Esther Shemitz, il traduit sur commande plusieurs ouvrages du Viennois Felix Salten, dont *Bambi*, qui inspirera le dessin animé de Walt Disney. Chambers, toujours soutenu par ses anciens camarades de l'université de Columbia, publie dans plusieurs magazines, dont la revue de gauche *New Masses,* où son nom côtoie ceux de James Agee, Dorothy Parker, Dos Passos, Copland, Lorca, ou encore Richard Wright. Tous ignorent alors qu'il est depuis 1932 un agent des services d'espionnage soviétique, émissaire chargé de collecter des informations sensibles pour le GPU et les services du renseignement de l'Armée rouge (GRU), embryons de futurs NKVD puis KGB. C'est en 1925 que Chambers s'était inscrit au Parti communiste, officiellement le Workers Party of America, qui comptait 15 000 membres.–Cette même année, Vladimir Maïakovski, tribun de la Révolution, qui dans ses vers appelait à la création d'une usine soviétique pour fabriquer du bonheur, entamait à New York sa tournée de lectures et de conférences sur les terres du dollar et l'empire du capitalisme, qui le fera passer par Detroit et ses usines automobiles, Philadelphie, Cleveland et les abattoirs de Chicago, après un détour par la station balnéaire de Rockaway Beach.

À New York, Maïakovski revoit un visage connu, celui d'Elizaveta Petrovna, désormais citoyenne américaine sous le nom d'Elly Johnes, âgée de vingt et un ans, croisée à Moscou quelques années auparavant. De cette union passionnelle et éphémère naîtra une petite fille, Patricia, sa « Dotchka », qu'il ne verra qu'une seule fois, à Nice, à l'automne 1928, en compagnie de sa mère.

C'est avec elle qu'il arpente pour la première fois le pont de Brooklyn, une soirée étouffante d'août, à l'heure où le jour tourne.

> « C'est ainsi que dans le miroitement grisâtre
> du soir
> je m'avance
> plein d'humilité sur le pont de Brooklyn.
> Comme contre une ville
> brisée
> le vainqueur marche
> avec ses canons longs
> comme des girafes
> c'est ainsi qu'ivre de gloire
> et d'appétit de vivre
> je monte
> plein de fierté
> sur le pont de Brooklyn.
> Comme un peintre stupide
> pose son regard
> aigu et amoureux
> sur une madone de musée
> c'est ainsi que du haut du ciel
> parsemé d'étoiles
> je regarde New York. »

Pour Chambers, le temps des frasques est terminé, tout comme la fréquentation des *hobos* et autres paumés sans conscience politique. Il nous a toutefois laissé un tableau vivant et pittoresque de son séjour de plusieurs mois à La Nouvelle-Orléans, après avoir travaillé dans les chemins de fer à Washington, à dix-huit ans. Il est logé dans le Quartier français par un vendeur de cacahuètes ambulant, dit The Greek et sa femme irlandaise. Il passe ses journées à lire, à fréquenter les bouges et arpenter les docks, cherchant à embarquer, sans jamais manquer la visite quotidienne à ses voisins : la prostituée One-Eyed-Annie qui racole sur un steamer croisant sur le Mississippi, et son barbeau Sam, une main sur le cœur, l'autre sur le verre ou le revolver.

En 1939, Chambers entre au *Time*, où ses articles ne manqueront jamais de susciter l'admiration ou l'indignation. Voilà deux ans qu'il a quitté le Parti et abandonné ses activités d'espionnage, suite aux procès de Moscou et aux purges staliniennes qui le menaçaient physiquement. À ses yeux, fascisme et communisme étaient devenus synonymes. La même année, en février, a eu lieu le grand meeting nazi au Madison Square Garden, avec plus de 20 000 participants. Un événement effacé de la mémoire des New-Yorkais, organisé par le German-American Bund, association prohitlérienne qui gérait une vingtaine de camps de jeunesse aux États-Unis, dont celui du hameau de Yaphank, dans le Suffolk, près de Brookhaven, le plus populaire des *summer camps* : le Camp Siegfried, où l'on avait hissé un drapeau américain frappé de la croix gammée. Les gamins blonds, plus *Hitlerjungend* que nature, y vivaient en culottes de peau et chemises brunes ornées d'insignes runiques, au rythme des jeux, des exercices physiques et des hymnes nazis. Deux ans plus tard, au lendemain de l'attaque de Pearl Harbor, l'organisation était enfin dissoute.

Quant à Chambers, désormais installé en famille dans la campagne du Maryland, à Pipe Creek, il s'était converti à l'anglicanisme avant de rejoindre la communauté des quakers. Le nouveau cheval de bataille du rédacteur en chef du *Time* avait pour nom « la contre-révolution chrétienne-démocrate ».

En 1948, le témoin à charge Whittaker Chambers déclare qu'il a caché des microfilms volés au gouvernement fédéral, remis par un ancien haut fonctionnaire du département d'État espionnant pour le compte de l'URSS, Alger Hiss, dans une citrouille évidée près de sa ferme de Pipe Creek. L'affaire, de ce qu'on appellera plus tard les Pumpkin Papers, et dans laquelle Richard Nixon, alors élu californien à la Chambre des représentants et membre de la Commission parlementaire sur les activités antiaméricaines (HUAC), a joué un rôle déterminant, fait la une de la presse et agite le monde politique jusqu'en 1950, l'année où est arrêté le couple Rosenberg, qui sera condamné pour espionnage au profit de l'URSS, puis exécuté en juin 1953, à la prison de Sing Sing, à une cinquantaine de kilomètres de New York. En janvier 1950, Hiss, qui a toujours clamé son innocence, est condamné à cinq ans de prison ferme pour faux témoignage sous serment.

Ce Chambers ne me passionne pas outre mesure et d'ailleurs je ne le juge pas ; le personnage n'en est pas moins intéressant. J'ai laissé passer les dizaines et les dizaines de pages qu'il a consacrées au procès et à ses conséquences. Sans doute est-ce dans son florilège d'articles de presse réunis dans *Ghosts on the Roof*, qu'on trouve le meilleur de lui-même. Passons sur ses chroniques où il nous dit son enthousiasme pour l'œuvre de Kafka, ou encore son obsession pour le Diable et le fascisme, pour revenir sur celle où il a porté aux nues la contralto Marian Anderson, dont le visage apparaît en couverture du *Time* en 1946. Marian Anderson, celle qui sera la première chanteuse noire à se produire sur la scène du Metropolitan Opera, une dizaine d'années plus tard. Femme à la voix troublante, qui sera invitée en 1957 à Washington pour chanter l'hymne américain lors de la cérémonie d'investiture du président réélu Eisenhower. L'article de Chambers fit grand bruit qui encensait sa voix dans le répertoire des cantiques et des negro spirituals, tout en dénonçant la ségrégation raciale aux États-Unis. Il y cite même plusieurs extraits de chants religieux, dont celui sur la Crucifixion, commençant par ces mots :

« They crucified my Lord,
And He never said a mumbin' word... »

Il suffit d'avoir écouté l'interprétation qu'en a donnée Marian Anderson en 1951, à la fois désespérée et sépulcrale, pour s'enivrer de la magie d'une voix qui semble surgir du temps délité des morts, propice au recueillement. Une ferveur qu'elle dépassera toutefois dans une aria de Bach, tirée de la *Passion selon Saint Matthieu,* brûlante d'imploration, magnifiée par les arabesques du violon répondant à la supplique de l'apôtre Pierre. J'y ai toujours vu une sorte de passeport offert pour l'éternité. « Prends pitié de moi, mon Dieu, au nom de mes larmes. »

Dans son hommage, Chambers a rappelé que cette exceptionnelle contralto avait, à l'invitation du couple Roosevelt, donné un récital sur les marches du Lincoln Memorial de Washington, après qu'on lui a refusé l'accès au Constitution Hall, le dimanche de Pâques 1939, devant plus de 75 000 admirateurs venus l'acclamer. En revanche, il n'a pas pu entendre Marian Anderson interpréter en 1976, à près de quatre-vingts ans, le *Lincoln Portrait* de Copland, en présence du compositeur.

Chambers est mort pendant son sommeil d'un arrêt du cœur, le 9 juillet 1961, dans sa ferme de Pipe Creek.

LE RAPPEL DES OISEAUX

On avait quitté la fête un peu avant 2 h 30 du matin, après les danses, les toasts nuptiaux, les verres entrechoqués, les discours, les couplets de chansons à boire et les embrassades pleines d'effusions. Le point du jour s'annonçait coloré, plein de promesses avec, au bord du ciel turbulent, des traînées roses puis parme, du plus bel effet. La cérémonie de mariage à l'église orthodoxe de Brooklyn avait été émouvante, chaleureuse, entre les vapeurs d'encens et les chœurs aux voix graves. Charlie nous avait prêté sa deuxième voiture, un rutilant coupé décapotable.

Je crois que je n'oublierai pas de sitôt le banquet. On s'était retrouvés dans une espèce de salle des fêtes, au nord de Brighton Beach. Il devait y avoir une trentaine de convives. L'oncle Shteyngart m'avait tenu la jambe ; impossible de m'en dépêtrer. Entre deux bouchées de poisson, il a raconté sa carrière brisée de funambule, « ses guerres », celle d'Afghanistan, de Tchétchénie, mélangeant le russe et l'anglais, puis les derniers jours de sa sœur aînée, qui avait fait le vœu de mourir en terre d'Israël. Il pleurait fort, j'en étais gêné. Ça tombait jusque dans le verre de vin rouge, qu'il avait toujours plein. J'étais son unique public. Pendant ce temps, les yeux clos, Gerli dansait seule, ou plutôt elle tournoyait, et tourbillonnait sans cesse, une vraie toupie. Je la regardais, en lui faisant des signes de la main, pour qu'elle me rejoigne et me libère de l'oncle Shteyngart, qui avait ressorti ses médailles militaires. En vain. Puis la corbeille de mariage a circulé. Un panier en osier qui finalement a été déposé à un bout de la grande table en forme de U. C'est Gerli qui s'en est chargée, gardant jalousement les dollars amassés, à croire qu'ils lui étaient destinés. Elle a hurlé quelque chose en russe. La musique couvrait sa voix. Je suppose qu'elle réclamait plus de billets verts, de *bucks,* et qu'elle engueulait les invités pour qu'ils vident leurs poches. *Money, money*, le seul et unique étalon. Noces d'argent, avant l'heure.

Une jeune femme ivre aux seins énormes, que je n'avais pas remarquée jusque-là, a retiré ses boucles d'oreilles, et les a déposées dans la corbeille, après les avoir embrassées. Celui qui devait être son compagnon, tenant à peine debout, a ôté sa montre de marque pour l'imiter, avant de se raviser, en rotant. La soirée avançait, j'en avais marre ; l'ivresse m'étant interdite. J'observais les invités, pas un seul n'avait l'air new-yorkais ou américain. Si, peut-être les deux trentenaires un peu louches qui faisaient bande à part depuis le début, sans chanter, sans danser. Des amis de Charlie ? Même les rares gamins présents parlaient en russe. On était en pleine extraterritorialité, conviviale. *Brooklyngrad.*

Aux airs populaires baltes, russes ou ukrainiens, ont succédé des chansons pop et idiotes des années 1980, pleines de synthétiseurs et de minauderies, puis du rap slave, du brutal, à sec. Le *brother* avait l'air heureux. Ça se voyait. Et nos querelles avaient définitivement été soldées, ici. Les îles, du moins celle-ci, dont la vocation est d'isoler, d'exclure, nous avaient réconciliés. Nous en avions fait une terre d'entente cordiale. Charlie n'était plus un demi-sang.

L'oncle Shteyngart s'était assoupi, le nez dans son assiette à dessert. Gerli, trempée de sueur, m'avait rejoint. Elle a pris ma main, m'a guidé jusqu'à la grande fenêtre ouverte. Ses yeux brillaient. Elle sentait l'animal, le désir ardent, la nuit. La promesse. J'étais bien. Charlie et Anastasia avaient disparu, en catimini. Après une minute d'étrange silence, au cours de laquelle je m'attendais à une annonce ou à une déclaration, un chant solennel a retenti. L'hymne officiel de l'Estonie. 2 heures sonnaient.

Je revois encore Charlie en habit de cérémonie, son long cierge allumé dans la main gauche, tremblante, comme celle d'Anastasia, le visage voilé de tulle en soie blanche, face au pope, en cette fin d'après-midi. Les couronnes dorées symboliquement posées sur leurs têtes, après la bénédiction, les deux anneaux enveloppés dans un tissu immaculé, puis échangés devant le pupitre. Le petit calice où ils ont trempé les lèvres à trois reprises, l'un après l'autre, avant de se diriger vers les icônes présentées. Les litanies se sont enchaînées. Suivant le rite orthodoxe, Charlie, que je n'ai jamais connu aussi sérieux, a embrassé celle du Sauveur, Anastasia, celle de la Vierge Marie ; puis inversement. Des cantiques et des hymnes ont résonné. Une prière dite par le prêtre, entre un amen et un Kyrie eleison : « Seigneur très-saint, reçois notre prière et notre supplication, puisqu'invisiblement tu es ici présent comme tu le fus à Cana ; bénis ce mariage et accorde à tes serviteurs, Anastasia et Charlie, une vie paisible et des jours nombreux, la tempérance et l'amour mutuel dans le lien de la paix, une postérité qui vive longuement, la tendresse pour les enfants, une couronne de gloire qui ne se puisse flétrir. »

Accompagnés du pope, les mariés bénis et unis ont fait trois fois le tour de l'autel. C'était lent, c'était beau. Je ne crois pas avoir entendu le carillon d'une cloche.

Sur la route qui devait nous mener à Port Jefferson, un orage de tous les diables nous avait contraints à suspendre notre périple, au moment où on quittait le Queens pour aborder les premiers arpents du comté de Nassau, comme on s'éloigne de la banlieue parisienne pour aborder le Vexin ou la Beauce, mais sans les vastes champs ou les étendues agricoles. Le patelin : Manhasset, une bourgade sans attraits, lovée en bordure d'une des baies accueillantes du littoral nord, ou plutôt une anse, peu creusée, avec pour point de mire, à la verticale de La Nouvelle-Rochelle, non pas le grand large, mais la pointe de la péninsule de Cow Neck, le « cou de la vache ». On m'a appris plus tard que trois musiciens y avaient vécu et rendu leur dernier soupir : Elie Siegmeister, le pianiste manchot Paul Wittgenstein, et Josh White, l'accompagnateur inspiré de Libby Holman, mort en 1969, qui avait composé *Freedom Road*, une mélodie de circonstance.

Gerli s'était assoupie sur le siège avant, la tempe contre la vitre. Allait-elle provoquer le hasard, titiller la providence ? Passer derrière le volant m'avait rendu nerveux, je n'ai jamais aimé conduire, encore moins une décapotable avec boîte de vitesses automatique, la Pontiac de Charlie. J'avais soif et sommeil. La radio passait depuis bientôt une heure des chansons lentes et douces, avec des refrains démodés et des saxophones fatigués, à vous faire piquer du nez. Du swing mou. *Lento placido.*

Le motel n'était pas de ceux qu'on voit dans les films ou les séries TV, avec les néons extérieurs et les palmiers à l'entrée, leur poésie simple et désuète, ce parfum d'aventure convenue, de plain-pied et dans la promiscuité. La chambre, au 2e ou 3e étage du Travelodge, sans âme ni poésie, donnait directement sur la route principale, sillonnée à cette heure-ci par les camionnettes de livraison et les premiers autobus de cette ville quelconque. Les draps du lit matrimonial étaient imprégnés d'humidité tiède, la climatisation était déréglée ; il y avait une odeur persistante de lessive bon marché, d'eau de Cologne, et de vapeur de poppers. Accrochée au mur, au-dessus de la tête de lit, la reproduction d'une affiche touristique de 1929, sous verre, représentant un couple fitzgeraldien admirant le lever du soleil à l'extrémité de l'île, avec la mention, en lettres rouges et noires : « Long Island. The Sunrise Homeland ». J'aurais préféré y lire : « Long Island. Ici, vous serez amoureux. »

La pluie avait redoublé, cinglant le vitrage, comme un rappel de tambour ayant crevé la peau du ciel. Gerli n'a pas dit un mot, du moins pas les mots que j'espérais. Nous nous sommes allongés, enlacés, observés, serrés l'un contre l'autre. Ses mains étaient douces sur mon dos, sur les reins, sur le haut des cuisses, comme au ralenti. Je revois le beau chavirement de son regard dans l'intensité. On aurait pu appeler ça le mystère du ravissement.

La lampe de chevet éclairait le colibri d'encre plus grand que nature qui semblait s'agiter entre ses seins replets, accueillants. Ses lèvres se sont entrouvertes. J'ai quitté l'oiseau d'encre du regard. La nuit était pleine, compacte, comme je l'ai rarement vue. Je lui ai fait répéter ce qu'elle m'avait chuchoté, entre la nuque et l'oreille. Avant le silence complet. Une obscurité primitive, infinie. J'aurais volontiers porté un toast au jour qui meurt, au jour qui vient. Dans l'obscurité, pressentir la joie.

Un captif de l'amour, anxieux et ravi. Voilà ce que j'étais.

Nous étions prêts, pour la combinaison des corps, la pantomime des chairs et des souffles, impatients des spasmes à en mourir. La fabrique de l'ardeur amoureuse, et sa vieillerie romanesque.

Une petite phrase a titillé ma mémoire, un motif. L'amour, c'est savoir occuper l'espace. C'était la fin de la nuit. Le soleil devait toucher l'horizon. Gerli dormait profondément, le visage sans expression. J'ai pris la liste qu'elle m'a laissée hier soir, soigneusement écrite sur une page d'agenda. J'ai fixé du regard, placée sur sa robe bleu paon à dentelles, étalée sur le canapé, la petite boîte à musique en bois peint et métal argenté, qu'elle avait remontée avant l'étreinte convulsive.

Ses mots avaient été, je m'en souviens parfaitement : « C'est à peu près tout ce qui me reste de mon enfance, de cette densité du bonheur de l'enfance. Cette berceuse, je l'appelle depuis toujours "le concert des anges" ou "la mémoire des anges" ». Elle est la gardienne de mon sommeil. Elle seule me préserve des cauchemars. » Elle l'avait jouée trois fois de suite, en murmurant : « Kuss-kuss, kallike, Kuss-kuss, kallike ». Ou quelque chose d'approchant.

Discrètement, j'ai allumé l'ordinateur, après m'être préparé un café en poudre. Notant la traduction des mots d'oiseaux jusqu'au bout de la liste, où Gerli avait ajouté : « Si tout va bien, on les verra et on les entendra demain, au Manhasset Valley Country Park ou au sanctuaire du Floral Park et dans les alentours. Mais je n'ai qu'une seule paire de jumelles. »

Tout un univers inconnu allait donc s'ouvrir à moi, celui du peuple à plumes, les *feathered people* comme dit Gerli, bigarré et bariolé, piaillant, aux aguets, farouche, avec ses surprises, ses éclats de couleurs, ses longs becs, ses jeunes couvées, ses trilles et ses grisollements, des ramages et des croulements sonores de bécasseaux, des sauts d'octave. Glissandi, gazouillis à tue-tête. Je me voyais déjà blotti dans les fourrés, planqué près d'un taillis ou dans un fouillis de feuilles, le nez en l'air, l'oreille tendue, à épier en silence, l'appareil photo en main. Et caressant, le souffle chaud de Gerli sur ma nuque.

Mourning dove : tourterelle triste.

Northern mockinbird : moqueur polyglotte, celui qui imite à la perfection le chant d'autres espèces, rivales ou non.

Ruddy turnstone : tournepierre à collier.

Red knot : bécasseau maubèche.

Canada goose : bernache du Canada.

Indigo bunting : passerin indigo (espèce de bruant ?).

Ring-billed gull : goéland à bec cerclé.

Dark-eyed junco : junco ardoisé (dont le nom m'était parfaitement inconnu).

Oldsquaw : cacaoui ou canard de Miquelon.

Red-breasted merganser : harle huppé.

Snowy egret : aigrette neigeuse.

Double-crested cormorant : cormoran à aigrettes (vit toujours en solitaire).

Great blue heron : grand héron bleu (une des espèces les plus répandues sur le littoral de Long Island).

Least sandpiper : bécasseau minuscule (le plus petit des oiseaux de rivage, une boulette de plumes tachetées pesant une vingtaine de grammes. À moins que ce ne soit le bécasseau minute). Nom scientifique : *calidris minutilla.*

Starling : étourneau sansonnet.

Tufted titmouse : mésange bicolore.

Lesquels d'entre eux sont des migrateurs ?

Flotter dans un présent ou dans un présent sans limites, perpétuel, à l'écart des humains suffrages, rejoindre la pureté, baigner dans l'innocence, c'est ce que désirait Gerli, et c'est ce qui l'attirait chez les oiseaux, les passereaux, leurs chants, leurs mœurs. « Un jour, et sans doute plus vite qu'on ne le croit, m'avait-elle dit, tout cela va disparaître, mais nous ne serons plus là pour le voir, le déplorer, le regretter… Trop tard. Les oiseaux, eux, n'ont ni désir ni souci. Ils sont indociles. Seul l'instinct les guide. Ils sont les horlogers des saisons, les plus nobles créatures de la Terre, et les plus proches du Paradis. Et ils le savent, et c'est d'ailleurs leur leçon, que nous les hommes ne voulons pas entendre : vivre, c'est tout simplement vivre, sans plus, ni moins. La vie n'aboutit à rien. »

7 h 30. J'ai mis le nez dehors, allumé une cigarette. Le jour s'était déployé sous une clarté douteuse, brouillée, comme ma cervelle. Ça sentait le varech et la sargasse, le gasoil, l'herbe coupée et le chien mouillé. La mer était à cinq cents mètres environ, en direction du nord, ou plutôt la bande côtière de la baie de Manhasset, sur la rive opposée à Great Neck et à Kings Point, qui accueille l'Académie de la marine marchande depuis la dernière guerre. J'avais dû dormir une heure, tout au plus. Toutes mes pensées allaient vers Gerli. La courbe parfaite de ses hanches pleines, ses seins

jaillissants, son drôle d'accent, sa lubricité, ses lèvres salées, la tristesse intime de ses yeux, la mélodie apaisante de la boîte à musique, *mezzo voce*.

À ce rituel nocturne s'ajoutait une étrange manie, celle de vider son sac à main : un tube de rouge à lèvres, son passeport, deux ou trois appeaux, un diapason, un carnet de notes, un portefeuille gonflé de papiers et de photos, deux stylos verts, une petite paire de jumelles, une boussole, un miroir de poche en nacre de perle, autant d'objets qu'elle a déposés sur le rebord intérieur de la fenêtre, soigneusement, de gauche à droite, et dans cet ordre. J'oubliais : une médaille militaire au ruban effiloché et une fleur séchée. J'y aurais trouvé un jeu de tarot, un sachet de bonbons ou même un métronome que cela ne m'aurait pas davantage étonné.

Je pensais à ses doigts aux ongles pointus qui ont caressé tant d'oiseaux. Nos frémissements à l'unisson. L'impromptu de cette nuit inespérée. La crainte admirative que Gerli m'inspirait, malgré moi. La transe légère.

Au motel, pour une raison inexplicable, on ne servait pas de petits-déjeuners, ce jour-là. En face, de l'autre côté du boulevard à quatre voies, une boutique d'animalerie et la triste devanture vitrée d'un club où l'on prend des cours de fitness, de karaté ou des leçons d'autodéfense, le Top Gun.

Allongée sur le dos, les jambes légèrement écartées, Gerli grignotait une part de vatrouchka tirée d'un sac en plastique posé sur le lit et contenant quelques victuailles, dont un gros saucisson, qu'elle avait enfournées avant notre départ précipité. Ouvert sur son ventre nu, entre le nombril et le colibri d'encre, un livre en anglais : *Rural Hours*, journal de campagne de Susan Fenimore Cooper, fille de James Fenimore Cooper, l'auteur du *Dernier des Mohicans.*

– J'ai la tête comme une conque, avec des bruits de mer sous le crâne. Où étais-tu passé ? Il est 7 h 42.

– Dehors, le temps de fumer. Découvrir le décor où nous avons débarqué, cette nuit.

– Et donc ?

– Tout est morne, ici. Rien de spécial. Des voitures et des camions qui défilent sans cesse, des arbres très verts, des poteaux télégraphiques qui bordent la route, quelques boutiques sans intérêt, une clinique dentaire.

– Et on voit l'océan ? J'ai envie de nager. Il est 7 h 43.

– Non, pas maintenant.

– Dans un film, on aurait vu la mer, sur fond de musique douce… Avec le couple s'éloignant de la caméra, qu'on devine très amoureux, confiant en sa destinée… Rejoins-moi sous les draps. Ensuite, on ira voir les oiseaux. Tous ceux qui sont sur la liste.

À 11 heures, on avait quitté le motel, toujours en habits de fête. 11 h 3, a tenu à préciser Gerli. J'ai déployé la carte routière sur le volant. Cap au sud, direction le Centennial Gardens & Birds Sanctuary de Floral Park, à la limite du Queens, en passant par Lake Success. Le plan affichait au nord ce qu'on appelle le Long Island Sound, où se dresse le curieux phare d'Execution Rocks, sorte de détroit entre la grande île et la terre ferme, celle de la Nouvelle-Angleterre, et qui nous donne l'illusion que la mer a une fin, et qu'elle s'arrête là.

Le mot *sound*, dans son acceptation marine, me renvoyait au *sund*, le chenal qui borde la côte orientale de Chausey, la plus septentrionale des îles du Ponant, à neuf milles nautiques de Granville, fameuse pour ses amplitudes de marées, pouvant atteindre une quinzaine de mètres.

Quand, il y a une trentaine d'années, nous nous retrouvions en famille, chaque année, le temps d'un bref été, et quel que fût le lieu de villégiature, pour rien au monde nous n'aurions manqué le bulletin radio de la météo marine à 20 heures et des poussières, avec les hectopascals, les millibars, son échelle de Beaufort, ses « grands frais », « jolies brises », « avis de tempête en cours », « mer agitée, localement forte », et les noms exotiques ou héroïques des zones maritimes qui sentaient l'aventure et le mystère. Charlie les avait appris par cœur, du nord au sud : Hébrides, Viking, Fisher, Dogger, German, Humber, Shannon, Antifer,

Casquets, l'Iroise baignant Sein et Creuzon, avec ses verts enchanteurs, lieux indéterminés dont les sonorités, la richesse des échos, nous faisaient rêver ; et puis, Nord-Gascogne, Sud-Gascogne, Cantábrico, golfe de Gênes, la Genova de Colomb… J'y voyais, à travers la voix féminine qui les égrenait, une promesse de poésie mêlée d'appels du large, le grand large, celui des aventuriers de la flibuste, des soudards, des proscrits et des rétifs aux lois du destin, fuyant l'Europe, ses tripots et ses geôles.

J'aimais dessiner des cartes marines, à cette époque (papier sablé Canson, stylo, pastels gras, dégradés, estompage, gomme en vinyle). Qu'en ai-je fait ? Sur l'une d'elles, j'avais mis bien en évidence, en les grossissant et sans respecter l'échelle, les petites îles, écueils ou blocs de granit situés le long ou à l'est du Sound de Chausey, sans doute pour leurs noms : La Mauvaise, La Petite Mauvaise, La Culassière, l'Ébauché, grune à l'Eu, la roche aux Câbles surnommée La Turlutte, plus loin, Roc à la Mauve, et au nord : Bloxière, la baie de Marsouin. J'apprendrai plus tard qu'un des deux cafés-restaurants de Chausey, à quelques encablures de l'appontement, avait pris pour nom The Sound.

Le ciel était menaçant, chargé de bandes noires baignant dans le flou, au ras de l'horizon. On a fait une halte dans un centre commercial pour changer de garde-robe, troquant nos habits de noces qui sentaient la Russie, le tabac et l'alcool, contre une chemisette et un pantalon en lin, des paires de baskets, une robe rouge en jean pour Gerli. À mi-chemin, elle a insisté pour faire un détour par l'église orthodoxe de Notre-Dame de Kazan, à Sea Cliff. « C'est aujourd'hui dimanche. Je dois me recueillir, je n'ai pas le choix. Il y a des choses à se faire pardonner. » C'était la direction opposée, on a fait demi-tour par le Northern Boulevard. Une bourrasque de pluie et de vent encore plus violente que celle de la nuit précédente nous a surpris à hauteur de Roslyn Harbor, le village où la poétesse chilienne Gabriela Mistral avait vécu ses dernières années. On a garé la décapotable sur un parking de fortune, encadré de lampadaires du plus mauvais goût. Et nous nous sommes rendormis au rythme de la pluie, un peu moins de deux heures.

Adieu l'initiation au *birdwatching*, mésanges bicolores, tourterelles épiées, étourneaux, aigrettes, bécasseaux, passerins indigo, *cowbirds, oldsquaws,* pics maculés, *bobolinks* à tête jaune, et autres moqueurs polyglottes. Bye bye roulades, trilles, ramages et gazouillis, contrepoints en *tutti*, ostinatos obstinés et sifflements.

Noces de plumes et de chants. Nous étions en pleine période de nidification.

LA MALLE DU RECHIGNEUX
(Intermezzo)

C'est à peu près tout ce qui me reste de mon grand-père paternel, disparu il y a une quarantaine d'années, à près de quatre-vingts ans. À savoir, un baromètre Naudet en laiton, et un Christ en bronze doré monté sur socle, les bras en croix. Le livre reposait entre de vieilles affiches de films, au fond d'une valise en cuir mou déposée dans la cave de chez Papa, qui m'avait proposé d'y jeter un œil : « Tu trouveras peut-être des choses qui t'intéresseront. Avec un peu de chance. Charlie est déjà passé il y a un mois. Il est remonté bredouille. » C'était une édition originale de *New York* de Paul Morand, dédicacée par l'auteur, pratiquement illisible. Une couverture beige avec une vue aérienne de Manhattan, rehaussée par une typographie bleu nuit en lettres capitales. Flammarion, 1930. D'autres ouvrages, pour la plupart en mauvais état, et datant d'avant-guerre, côtoyaient ce bréviaire sur la Grosse Pomme, entre documents administratifs, fiscaux ou commerciaux. Il y avait également un exemplaire de *Hécate et ses chiens*, toujours de Morand, qui a pour cadre Tanger, où il se rendait régulièrement dans les années 1950. Je me suis toujours demandé s'il y avait croisé Paul Bowles.

Ces écrivains-là, mon grand-père, que j'avais à peine connu, les avait fréquentés, de loin. Selon la légende familiale, Maurice était un fieffé trousse-jupons et un bon leveur de coude, un rechigneux pas facile à vivre, ayant fini ses jours loin de tous, loin de sa folle jeunesse, dans un mouroir de la région parisienne. Avant cela, il avait eu sa période de gloire, à la tête d'une petite entreprise qu'il avait créée, spécialisée dans l'installation et l'entretien de pompes à bière. La fréquentation et le succès des brasseries de la rive gauche, du temps de la bohème de Montparnasse, avaient assuré sa fortune, pour quelques petites années, vite dilapidée.

On n'a jamais su s'il avait été victime de la crise économique de 1929 ou s'il avait sciemment mangé la grenouille, selon l'expression, dépensant son argent en filles, en voyages et en beuveries de luxe. Toujours d'après la légende des générations, il aurait rejoint les rangs de la Résistance intérieure en août 1944 pour se lancer dans la chasse aux miliciens dans les rues de Paris, revolver en main.

Tout cela a resurgi en rouvrant le livre poussiéreux de Morand, que je n'avais pas encore lu à l'époque. De nombreux passages – guindés ou pontifiants – ont mal vieilli ou franchi avec peine la rampe du temps, à près d'un siècle de distance. D'autres ont su conserver une magie surannée, dont je ne me lasse pas, comme les pages consacrées aux spectacles de burlesque à Broadway, et à Coney Island et son carnaval perpétuel, où j'ai glissé quelques marque-pages.

« C'est là qu'il faut voir le New York d'été. Au bout de l'Atlantique, les flots sont les jouets des hommes. Ce fut pendant longtemps la plage élégante. D'anciennes gravures montrent des messieurs en chapeau haut de forme et à favoris s'y faisant détrousser aux dés par des gars en casquette ; des baigneurs aux pantalons relevés, le torse nu, coiffés d'un chapeau melon, la barbe en collier ou en pointe, se risquent dans l'eau jusqu'à mi-jambe, tandis que, sur des bancs, des dames en crinoline et en cachemire regardent tourner les roues à aubes des blancs ferry-boats, que le jeune monsieur Fulton a mis à la mode.

Ce vieux Conynge Hook des Hollandais, la doyenne des plages américaines, appartient maintenant au peuple (...) C'est à la fois Trouville, Juan-les-Pins, Luna Park et la fête de Neuilly. »

Et sa chute : « L'hiver, je ne connais rien de plus triste que Coney Island. »

45 ans plus tard, Lou Reed chantera sa complainte mélancolique « Coney Island Baby », enregistrée dans une ancienne église baptiste de Manhattan, là même où les Ramones graveront leur 3e album, *Rocket to Russia,* en 1977.

« Glory of love, the glory of love. »

PORT JEFFERSON (CHAMBRE AVEC VUE)

L'histoire de ce petit port de plaisance, Scott Miller la connaissait de fond en comble, et il ne manquait jamais une occasion d'en vanter l'histoire et les beautés passées, aux visiteurs curieux, aux touristes. Il s'était installé dix ans auparavant à Port Jefferson, où quatre jours par semaine il officiait comme veilleur de nuit dans un des rares hôtels de la bourgade, un établissement aux murs de bois blanc, et dont les terrasses bien orientées donnaient sur la marina, avec au loin, le profil bossu des collines verdoyantes.

Nous étions arrivés deux jours auparavant, contraints de prendre la dernière suite de libre, hors de prix. Gerli, la douce Gerli, dormait profondément dans un des deux lits en acajou, couronnés de têtes en rotin cannelé, le souffle long, la gorge lente, sa main gauche serrée sur sa boussole, cette horloge de l'espace. Je la regardais, apaisée, je la regardais en train de m'aimer. Il était à peine 4 heures du matin, et le sommeil m'avait quitté. Je suis descendu à l'accueil. Perché sur un tabouret collé au comptoir sous lequel il avait planqué une fiasque de whiskey, Scott remplissait des grilles de mots croisés en bougonnant. Mon irruption ne l'a pas surpris.

– Jeune homme, vous êtes bien matinal. Mais je vous attendais. Sûr que vous êtes bon public. J'en aurais des choses à vous raconter, ainsi qu'à votre promise. La lune de miel se passe comme vous l'entendez ? Apparemment, vous avez tiré le bon numéro, si je peux me permettre. Vous n'êtes pas beaucoup sortis de la chambre, à ce qu'on m'a dit. Faut voir du pays, jeune homme, et celui-ci vaut bien le détour. Une petite lampée ?

– Non merci. Mais ne vous gênez pas pour moi.

Scott mangeait la moitié de ses mots. Il devait avoir dans les soixante-dix ans, la gueule burinée, les cheveux blancs et gras plaqués en arrière, laissant apparaître une spectaculaire cicatrice le long de son oreille gauche.

– Vous comprenez, après avoir grandi au sud des Hamptons, les pieds dans l'eau, puis trimé pendant plus de trente ans à Manhattan, dans un bureau, il me fallait la mer pour finir mes vieux jours au calme. Vous voyez, je viens d'une vieille famille de marins, mais moi, la pêche, je n'ai jamais voulu en entendre parler. Trop d'orphelins, de veuves, d'ivrognes, de suicidés, dans la famille. Mon père, je ne l'ai pas connu, ses ancêtres étaient des chasseurs de baleines… Et ma mère, Margaret qu'elle s'appelait, elle est morte quand j'avais quatre ans à peine. C'est mon oncle et ma tante qui m'ont élevé, là-bas dans la South Fork, le bout du monde, du moins la fin de l'Amérique, ou plutôt son début, quoi. Une heure de voiture, si on est pressé, et on y est.

Mon oncle s'appelait Milt Miller. Et son nom ne vous dit sans doute rien. Il pêchait la morue et le pagre, de l'autre côté de Long Island, vers la péninsule de Montauk, Gardiner's Island et Fort Pond Bay, du temps où il présidait la Baymen Association. Peter Matthiessen a parlé de lui dans un de ses livres. Il en avait connu des épreuves, Miller, des coups du destin, particulièrement l'ouragan meurtrier de 1938 ; à cette époque, on en était encore à l'âge d'or de la pêche, même si la baleine ne faisait plus recette depuis bien longtemps. Donc, cette année-là, c'était le 21 septembre, l'onde de la tempête a été si violente qu'elle avait emporté le clocher de la vieille Whaler's Church à Sag Harbor. Parti dans les airs, dans l'espace, le campanile. Et ici, à Port Jefferson, on dit que le niveau de la mer était monté en moins d'une heure de plus de deux mètres cinquante, le record à Long Island. À l'époque, on ne donnait pas encore des noms de femmes aux cyclones. Celui-là, on l'a surnommé le Long Island Express, à cause des rafales de vent supérieures à 200 km/h, deux fois plus rapide que les trains de la Long Island Rail Road. Mais peut-être que je vous ennuie avec toutes ces histoires d'hier.

– Pas du tout. On peut faire une pause ?

– Le sommeil vous manque ? L'amour, ça fatigue, n'est-ce pas ? Allez donc la rejoindre, elle vous attend. Comment s'appelle-t-elle ?

Miller a rapporté deux tasses de café noir, bien corsé. Au-dessus de nos têtes, sur un pilier, étaient affichés les horaires et les coefficients des marées de la veille. Pleine mer à 8 h 22 et à 20 h 35, niveaux respectifs de 5,7 et de 6,5 pieds, soit pas plus de deux mètres. Petit marnage, comme disent les marins. J'ai pensé à Charlie, – qui n'a toujours pas donné de nouvelles depuis le Mexique – aux vacances d'été à Granville ou Carteret, quand nous nous jetions sur le *Paris-Normandie* du jour pour consulter la rubrique de la météo marine, enrichie de la nébulosité, des précipitations attendues, de la vitesse du vent et de sa direction. Charlie tenait un registre des records depuis notre arrivée, déçu toujours par l'amplitude des marées qu'il voulait toujours plus fortes. Papa nous avait appris à calculer simplement les horaires des flux et reflux : ainsi, il suffisait d'ajouter 45 minutes à l'heure de l'avant-dernière marée basse pour obtenir celui de la prochaine. Alors, j'ai revu les mouettes qui oscillaient avant de plonger, tout là-bas, au fond du décor, dans le bleu inédit du ciel.

Je me sentais – et c’était plutôt désagréable – coincé entre la géographie et mon imagination. À moins que l’une des deux ne stimule l’autre, mais laquelle ? Le piège, puis le refuge.

Nous sommes ensuite sortis pour nous asseoir au pied du petit escalier encadré de deux gros marsouins ou dauphins blancs qui imitent le marbre poli. Le fond de l’air agréable pour un mois de juillet ; un oiseau de nuit est passé, frôlant les plus hauts mâts du bassin aux eaux calmes, en poussant quelques cris avant de s’éloigner vers les terres pleines de rosée. Scott Miller a allumé deux cigarettes, m’en a tendu une.

« Savez-vous, jeune homme, qu’à chaque moment du jour, qu’à chaque situation, correspond un passage de la Bible ? Immanquablement. Je la connais par cœur. » Je lui ai alors demandé quel extrait correspondrait à notre dialogue imprévu, sur la côte nord de Long Island, à bientôt 5 heures du matin. Sans hésiter, il m’a répondu : « Veilleur, où en est la nuit ? C’est dans le livre prophétique d’Esaïe, chapitre 21. »

Toujours théâtral, avec de grands gestes, il a ensuite fait l’cxposé historique des chantiers navals de Port Jefferson qui rivalisaient encore au début du siècle dernier avec ceux de Brooklyn, rappelant qu’on a construit ici des bateaux depuis la fin du XVIIe siècle, du temps où ce port s’appelait

Drowned Meadow et que les Indiens algonquins nommaient *suwassett* ou *sowassett,* ce qui voulait dire « la terre des petits pins » ou « le domaine des pins ». Aujourd'hui, c'est un village cossu, tourné vers les rives de la Nouvelle-Angleterre, prisé des couples aisés de Manhattan et des retraités de Wall Street.

Port Jefferson : latitude : 40° 94' Nord, longitude : 73° 06' Ouest.

Donc : nous sommes sur le 41e parallèle, où sont positionnés, à quelques décimales de degrés près, Porto, Salamanque, le nord de la Sardaigne, la mer de Marmara, Tachkent, Benxi et Jinzhou en Chine, Aomori, Salt Lake City, le sud de l'Iowa.

– Il y avait ici, a poursuivi Miller, tout un univers qui a disparu et m'a toujours fait rêver. On construisait à tour de bras des goélettes, des sloops, des embarcations ostréicoles, des barges, des chalands et même des bricks. Tout ce que vous avez devant vous n'existait pas, j'ai plusieurs livres qui en témoignent, avec des photos d'époque. Ce n'était qu'ateliers de menuiserie et de corderie, fabriques de charpentes, grands ateliers, entrepôts à sel, cabines de peinture, magasins de stockage... Et ça sentait le limon, le bois neuf, l'iode et l'huile, à plein nez. Regardez les noms des rues, quand vous vous promènerez : Bayles, Jones, Wilson, Mather, Hawkins, ceux-là mêmes qui avaient façonné et fait prospérer la ville... Et votre chambre, c'est la 209, n'est-ce pas ? La photo près de la salle de bains, qui fait face à celle du manoir de Belle-Terre sous la neige, la Pink House où vivait une comtesse bulgare qui chantait l'opérette : il s'agit bien de Franklin Roosevelt. Vous ne l'avez pas reconnu ? C'est vrai qu'avec son chapeau mou enfoncé sur les yeux, il est presque méconnaissable. C'était pendant l'été 1932, alors qu'il était le gouverneur démocrate de l'État de New York. Il était monté avec trois de ses fils à bord du *Myth II*, un superbe yawl sorti des chantiers Bayles, et s'apprêtait depuis Port Jefferson à rejoindre les côtes du Connecticut en franchissant le Sound. Quant à la mythique Pink House et ses trente chambres, sur les hauteurs de Mount Misery, là-bas, sur votre droite, inutile de la chercher : elle a été démolie il y a deux ans.

– Parlez moins fort, Monsieur Miller, on va se faire remarquer. Il est encore tôt.

Le ciel était plein d'étoiles, petites et scintillantes. Être dans une petite ville inconnue à l'heure où la lumière hésite et la nuit de pleine lune s'adoucit. Il y avait là comme une espèce de joie secrète, à partager. L'aube approchait.

– Que de riches armateurs, je vous dis, des affréteurs, architectes navals, charpentiers de marine, tonneliers, de vrais bâtisseurs de cathédrales. Eh bien, savez-vous ce qu'ils ont trouvé de mieux pour rendre hommage à ce monde englouti, à ces grands personnages, pour faire revivre un peu de leur passé glorieux ? Un monument, une horreur artistique, qu'ils nous ont collé près de la gare, à l'entrée du parking. Ils l'ont inauguré il y a six mois... Imaginez, une sculpture en acier, faite de 52 barres verticales, toutes dressées vers le ciel, rappelant soi-disant des haubans ou des vergues, que sais-je, et soutenant trois types d'embarcations : un schooner, un yawl et un sloop, qui semblent flotter dans les airs, à 22 pieds au-dessus du sol. « ... the vast and endless sea... », qu'ils ont appelé ça. Avec les points de suspension, pour faire encore plus moderne. Paraît que ça vient d'un livre de votre Saint-Exupéry. Il était plutôt connu comme aviateur, non ? Pas comme homme de la mer... Enfin, paraît qu'il avait une grande maison pas loin d'ici pendant la guerre.

– Oui, la Bevin House. C'est là qu'il a écrit *Le Petit Prince*. Vous en avez entendu parler ?

– Je ne l'ai pas lu. De toute façon, ici, il n'y a rien à faire, à part regarder le ciel et les bateaux qui partent, écouter la mer, se foutre de la gueule des touristes prétentieux ou des fricards de l'Upper West Side en goguette. Ce job, je ne l'ai pas voulu. Je l'ai pris pour compléter ma retraite de fonctionnaire qui me condamnait à survivre à peine.

La seule attraction ici depuis environ 25 ans, c'est le festival Charles Dickens. Chaque année, en décembre, les gens se déguisent en personnages, avec des costumes d'époque, redingotes, fracs, dentelles, crinolines, châles, cannes à pommeau, chapeaux, aux côtés de Santa Claus. Les rues sont pleines de petits ramoneurs, d'Oliver Twist, de Scrooge, de crieurs publics déguisés, de Miss Havisham, de gros oncles Pumblechook, de Pickwick, qui chantent des carols pendant tout le week-end. Pourquoi Dickens et tout ce *wonderland* victorien ? J'en sais foutre rien, jeune homme.

On imagine bien la scène : tous ces gosses et les habitants des alentours déguisés en personnages de romans populaires se déroulant à Londres il y a bientôt deux siècles, paradant dans les rues proprettes de Port Jefferson, arpentant les docks aux planches immaculées et les abords coquets de la marina, le tout au rythme des couacs de la fanfare municipale et au son des sempiternelles versions revues et corrigées de *Silent Night* et de *Jingle Bells*, reprises en chœur. Et vive le vent d'hiver.

– L'heure tourne, je suis sur le point de finir mon quart et je vais passer la relève, il va bientôt être 6 heures. Avant de repartir, je peux vous conseiller de faire un tour par le Jeanne Garant Harborfront Park, à cinq minutes d'ici. Il a été aménagé sur l'ancien site du terminal de la Mobil Oil. Là, on trouve une autre sculpture, plus honnête et fidèle que l'autre horreur. Vous verrez :

quatre hommes, allant par deux, figurant des ouvriers des anciens chantiers navals, portant à bout de bras la coque squelettique d'une embarcation. Le style est réaliste, mais ça fait un peu socialiste, et même soviétique. C'est à deux pas de l'ancien siège du *shipyard* qu'ils ont repeint en rouge face à l'Océan. Une vraie barque, celle-là, avec quille, étrave, varangues, couples et platsbords.

De l'autre, chacun n'attendait rien. Rien d'important, de déterminant. Deux destins de profil, jamais de face.

Peu de gloires littéraires ou artistiques ici, dans ce paysage de carte postale, et sans cachet particulier. Plus tard, on m'a appris qu'une romancière avait longtemps vécu dans les parages, avec son fils autiste, après avoir quitté Greenwich Village, précisément à Mount Sinai : Dawn Powell, amie de Hemingway et de Dos Passos. Son dernier texte fut un poème, publié en 1965 : *Staten Island, I Love You !*

Au cours de la deuxième insomnie consécutive, Scott Miller, légèrement ivre, m'avait longuement parlé de ses origines irlandaises par sa mère, et de sa passion pour Barnum, P. T. Barnum, l'inventeur du cirque moderne, le prometteur des *freak shows*, le roi du bluff et de la démesure, prince toutpuissant des imposteurs, « the greatest humbug on earth » comme on l'avait surnommé, le fumiste de génie au prénom julesvernien, Phineas. Celui qui avait révélé l'Amérique à elle-même, dès le milieu du XIXe siècle, et avait fasciné jusqu'à Melville qui l'évoque dans plusieurs de ses nouvelles.

Quel fut le premier cirque où Papa nous avait emmenés, dans les années 1980 ? Pinder, Medrano, Zavatta, Bouglione ? Ou alors Pierre Richard ? Tout ce dont je suis capable de me souvenir avec certitude, ce sont les cris d'horreur poussés par le petit Charlie à la vue du clown aux cheveux rouges débarquant sur la piste aux étoiles, incarnation plus vraie que nature du terrible Grippe-Sou (Pennywise) de Stephen King. On avait dû quitter la salle en quatrième vitesse, sous les rires et les quolibets des spectateurs voisins. Cette scène oubliée m'est cruellement revenue. Charlie était inconsolable.

Né en 1810 dans le Connecticut, arrivé à New York à l'âge de seize ans, Phineas Barnum ouvre son musée de curiosités et de grotesqueries, sur Broadway dans les années 1840, y exhibant la sirène des Fidji (mi-guenon, mi-poisson), des nains, les sœurs siamoises Chang et Eng, la jambe de bois du général mexicain Santa Anna, des ventriloques et des femmes à barbe, quelques figures de cire, des prestidigitateurs et des gladiateurs, des ours dressés, les phoques savants, Ned et Fanny, des souffleurs de verre, des diseuses de bonne aventure, Lavinia Warren (taille : 81 centimètres), femme du général Tom Pouce, qui lui ne mesurait pas un mètre, découvert et présenté par le demi-frère de Barnum, Philo. Son cirque, qui inspira le film *Freaks*, il le créera plus tard, sous un chapiteau monumental, avec trois pistes, en 1871. Une dizaine d'années après, il exhibera à travers l'Amérique l'éléphant Jumbo, qui aurait attiré plusieurs millions de curieux. Walt Disney n'aura qu'à lui emboîter le pas, mais sans la démesure guignolesque ni le charivari présurréaliste de Phineas.

Parmi les plus extravagantes supercheries de Barnum : la présentation publique de Joice Heth, la prétendue nourrice noire de George Washington, âgée de cent soixante et un ans, et le projet d'expédition touristique interstellaire jusqu'à la Voie lactée, avec la complicité de son ami Mark Twain, une folie abracadabrante précédée de l'ouverture des guichets, et annoncée dans le *New York Herald Tribune* en juillet 1874.

Entretemps, Phineas Barnum s'est entiché de la cantatrice suédoise Jenny Lind, qu'il fit tourner à travers les États-Unis, a publié son autobiographie, un des ouvrages les plus vendus aux États-Unis dans le dernier quart du XIXe siècle, *The Art of Money Getting, or Golden Rules for Making Money.* C'est à cette époque qu'il découvre Port Jefferson et tombe sous son charme. À la fin de sa vie, il acquiert une vaste propriété dans le quartier de Brick Hill, rachète des dizaines d'hectares de terrain, et envisage d'y baser son cirque, projet que feront échouer les habitants de Port Jefferson. Il crée alors la compagnie maritime Bridgeport & Port Jefferson Steamboat, toujours en activité, reliant le nord-ouest de Long Island au littoral du Connecticut, où il avait établi son quartier général. Le terminal des ferries se trouve au débouché de la Barnum Avenue, une artère arborée longeant le parc d'attractions de Rocketship.

6 heures à peine. Gerli avait disparu. Envolé, l'oiseau rare. Déjà ?

Le lit était en désordre, les fenêtres de la chambre grandes ouvertes. Sur l'oreiller brillait sa boussole, orpheline. La table de chevet avait été renversée, la mignonnette de gin, brisée. Une plainte s'est élevée, suivie de chuchotements, puis de gémissements. La voix était faible. Ça provenait de la salle de bains. J'ai ouvert la porte, doucement. À moitié allongée, nue dans la baignoire vide, Gerli avait joint ses mains, puis les avait séparées avant de déplacer la lampe de chevet qu'elle avait posée sur le rebord de la baignoire. Elle disait « lapin », « loup », « colombe », tout en créant des ombres chinoises sur le mur carrelé, avec talent, je l'avoue. « Quel animal aimes-tu le plus ? Je peux le recréer sous tes yeux. Laisse-moi deviner : chat ? Cheval ? » Cette ombromanie inattendue m'a laissé pantois. « Tu n'as pas d'idée, tu as oublié ? Moi, j'aimerais être réincarnée en chouette chevêche, tu sais, celle d'Athéna, avec de gros yeux jaunes, des plumes mouchetées de blanc, une tête qui fait peur et qui tourne à 180 degrés, et trouver protection auprès d'une bonne sorcière. »

Je lui ai proposé de prendre un solide petit-déjeuner, puis de s'aérer après la douche. Je cherchais l'endroit idéal pour la fin de l'histoire et les adieux, persuadé, comme toujours, que le passé proche avait sa date de péremption. Mais ni ce lieu ni ce temps ne pouvaient exister : je confondais la mémoire et le désir.

Charlie et Anastasia venaient de donner des nouvelles, depuis le Mexique, dans un style télégraphique, jouissant de leur lune de miel passée sur les plages de Cancún, puis à Veracruz et à Cuernavaca. Ou Oaxaca, je ne sais plus. En post-scriptum à l'e-mail, ils avaient écrit en rouge et en lettres capitales : « ET COMMENT VONT LES JEUNES AMOURS FRANCO-ESTIONNIENNES ? »

Retour sur les noces, la *svadebka*. Gerli avait finalement refusé de prononcer son discours à l'église, contre toute attente. On avait donc attendu le vin d'honneur. Elle avait écrit un long poème adressé à Anastasia, appris par cœur, épithalame où elle avait mêlé le russe, l'anglais et l'estonien. On y entendait les mots – du moins ceux que j'avais pu capter – « océan », « forêt », « neige »,

« amour éternel », « famille », « père et mère », « gloire » et « joie ». Mon tour venu, j'avais été plus bref dans ma louange à Charlie, où avec bienveillance je le projetai dans le futur, ces années à venir qui lui faisaient peur. Trop bref peut-être. Ce que je n'avais pas saisi, par ailleurs, ou mal interprété, c'était la réaction surprenante des convives à ma lecture. J'ai posé la question à Gerli, alors qu'elle passait une crème couleur de miel sur ses mains :

– Pourquoi les gens ont-ils ri lors de mon discours ? Ça n'avait vraiment rien de comique... Déjà les effets de l'alcool ? Et pour une fois que je m'étais appliqué, préparé...

– Ils ne se sont pas moqués de toi, directement en tout cas. De toute façon, presque personne n'a compris ton anglais. Et puis les invités attendaient les toasts avec impatience. Ils ont plutôt réagi à ma traduction de ton texte en russe.

– C'est-à-dire ? Je ne comprends pas.

– Disons que j'ai pris quelques libertés avec la traduction...

– À savoir ?

– Il y avait une de tes phrases qui sonnait un peu ridicule, emphatique, tout à la fin. Je l'ai donc changée, sans ta permission, et à tes dépens.

– Continue...

– Je cite de mémoire, ça a donné, en russe : « Je vous aime bien, moi le Frenchy, tous ici présents, surtout la petite blonde fofolle qui est à mes côtés… Mais je commence vraiment à m'emmerder ici. J'ai l'impression d'être à Moscou. Quand est-ce qu'on boit un coup ? »

– Tu as osé ! Mais on va me prendre pour qui… ? Je comprends maintenant pourquoi l'oncle Shteyngart me reprochait de ne pas aimer Moscou. Charlie et Anastasia étaient-ils au courant de l'incident ?

– Bien sûr, puisqu'ils étaient complices…

– Tu sais, Gerli, ce que j'aime chez nous deux, c'est qu'on se ressemble, sans se ressembler.

– Ah ?

Gerli pensait que nous étions pauvres d'esprit et d'imagination. Que l'homme était incapable de concevoir une division du temps, comme on mesure les distances, l'espace, sa géométrie et sa superficie qu'on découpe, divise, compare. Elle m'avait confié sur les marches de l'hôtel : « On n'a que des siècles, des heures, des saisons, les minutes qu'on égrène, les solstices qu'on se remémore. C'est pauvre, comparé aux hectares, acres, aux longitudes, aux méridiens, les kilomètres, les verstes et les sagènes, lieues, miles et encablures, toises, et tous ces arpents. » Gerli poursuivait sa longue litanie, à la manière d'un virelangue. Je ne l'écoutais plus. Sa voix s'était adoucie, affaiblie. « *Yards, cuartillos, cuerdas, archines, oxgangs…* »

Ce n'était plus la passionnée du peuple des oiseaux, ni l'amante fougueuse, généreuse et déboussolante. Gerli parlait une autre langue, incompréhensible.

Elle avait avancé la date de son retour à Tallinn, sans explication ni justification. Elle s'est contentée de me dire : « This is where I end up... ». Silence. Puis : « Il fallait bien nous quitter. Ne gâchons rien de cette histoire. »

J'ai pensé que cela faisait partie de l'intrigue. Ça s'est passé sur le ponton de la marina aux eaux adoucies, sous une lumière basse. Pas un oiseau en vue ; pas même dans le ciel qui avait viré au bleu pâle.

Les mains tremblantes, dans un filet de voix, elle a poursuivi : « Je suis la promesse qui ne peut être tenue, et ma grâce consiste en cela même. Sache-le, je ne suis que la douceur de ce qui est, la simple douceur née du regret de ce qui n'est pas. » C'était là les mots d'une tragédienne. Le regret et la douceur lui allaient bien.

Elle a pris les clefs de la voiture de Charlie, m'a fixé longuement, puis a bredouillé des mots dont je n'ai retenu que le convenu et attendu « ... dans une autre vie. » Voilà pour la dernière réplique. La mémoire pouvait entamer son long travail, et commencer à embaumer ce naguère à venir.

J'avais décidé de poursuivre seul mon périple, et d'aller jusqu'au bout, c'est-à-dire à la pointe de Montauk, le terminus de Long Island et la fin d'un chapitre.

La Pontiac s'est éloignée dans un crissement de pneus et des stridences de klaxon. Je ne me suis pas retourné. L'océan était d'une tristesse.

Jamais la netteté des choses qu'il va nous falloir quitter ne m'était apparue si clairement, violemment. Le présent était redevenu ce fugitif déjà évanoui.

« Beau, le bateau dansant sur les vagues,
Ivre de vie, d'amour et de vent.
Belle, la chanson naissante des vagues
Abandonnée au sable blanc. »

Cette chanson de l'enfance, qui vient de remonter après tant d'années.

EAST HAMPTON ET LES BONACKERS

Port Jefferson, Stony Brook, Northport, Hicksville, Bellport, Babylon, Sayville, Bridgehampton, Hampton Bays... Il m'a fallu de la patience et quatre heures de train pour parvenir à destination, après ce long crochet vers l'ouest, avec deux correspondances, dont une à la gare centrale de Jamaica, que Kerouac avait chantée dans plusieurs poèmes. En voiture, cela m'aurait pris deux heures tout au plus, direction le sud, puis cap à l'est, par la Route 27.

La petite auberge cosy, dont la partie la plus ancienne remonte à 1790, au toit mansardé, aux chambres rustiques, donne sur un ancien et imposant moulin à vent restauré, sur Main Street, à deux pas d'une église presbytérienne. Aux murs du couloir et le long des escaliers, de nombreuses photos de la région (soleils couchants, grappes d'oiseau sur la grève, cabanes lacustres, sous-bois en automne, moulins à vent), et une série de clichés en noir et blanc, pris il y a plusieurs décennies, représentant des pêcheurs, des embarcations, les battements de la mer sur le rivage. Près du recoin aménagé en bibliothèque, la reproduction d'une affiche mettant à l'honneur le chef-d'œuvre de Peter Matthiessen, citoyen de Sagaponack (avec pour voisin un autre maître de la littérature new-yorkaise : James Salter), ex-marin-pêcheur et écrivain voyageur : *Men's Lives,* publié en 1986, hommage aux gens de mer, cette grande nourrice et grande dévorante de ces générations vigoureuses, et aux surfeurs qu'il a connus, et à la culture, au mode de vie Bonacs, hérités de familles de pauvres migrants installés dans les Hamptons à partir du XVIIIe siècle, pour la plupart fermiers ou simples métayers, ostréiculteurs ou pêcheurs de clams, petit-fils des personnages de *Moby Dick*, tous ceux qu'on appelle encore aujourd'hui les *baymen,* une espèce en voie de disparition.

La légende dit que le fantôme de l'ancien propriétaire de l'auberge, un Irlandais nommé Patrick Lynch, revient de temps à autre pour une petite visite, dans ce qui fut sa ferme ou sa grange, transformée le dimanche en lieu de culte catholique. Rescapé en 1851 du naufrage, entre East Hampton et Amagansett, du *Catherine*, un bateau parti de Galway, de Dublin ou de Liverpool, avec à son bord 300 émigrés irlandais fuyant la Grande

Famine, Patrick Lynch hante l'auberge les nuits de pleine lune, mais pas n'importe lesquelles : uniquement celles qui tombent un vendredi 13. Sa dernière apparition remonte à octobre 2000, au moment de la « lune des moissons » (« Harvest Moon »), ou de celle qui lui succède, après les grandes marées de l'équinoxe d'automne, surnommée la « lune du chasseur ». Ce que m'a confirmé la gérante, présente cette nuit-là, et qui en est encore tout émue. « Brusquement, se souvient-elle, vers 22 heures, les lumières de l'accueil se sont mises à clignoter en grésillant, le téléphone a sonné au même moment dans toutes les chambres, alors que les téléviseurs s'étaient brusquement éteints. Jusqu'à l'imprimante, qui a sorti des dizaines de pages remplies de phrases et de mots bizarres, parfaitement incompréhensibles. C'était peut-être du gaélique ? On n'a pas retrouvé les feuilles. Ça a duré environ dix minutes, ou plus, ça me paraissait interminable. J'ai dit cinq *Pater* et cinq *Ave*, en pensant au chapelet de ma grand-mère. Et un peu plus tard, il y a eu comme des miaulements, des plaintes, venant à la fois des étages, et de derrière la porte d'entrée, comme si un chat était en train d'agoniser. J'ai eu la peur de ma vie. J'en suis quitte. Le lendemain matin, le couple de jeunes qui occupait la chambre 7 et moi, on a raconté ce qu'on avait vu et entendu aux gérants de l'hôtel. Ils ne nous ont pas crus. Et pourtant... Mais soyez rassuré, le fantôme n'est pas près de revenir nous voir. On attend le retour de monsieur Lynch, mais pas avant 2049 ; ce sera l'année où la lune des moissons, celle qui est bien grosse et rousse à certains moments, apparaîtra à nouveau dans le ciel d'un vendredi 13. Nous avons bien le temps. Je peux vous le confier : c'est depuis cette nuit-là que j'ai décidé de me faire tatouer le corps, peut-être pour chasser le “mauvais œil”. Et j'ai commencé par une pleine lune, grosse et rousse entre les nuages, dessinée entre mes omoplates. 3 000 dollars, c'est ce que ça m'a coûté chez le tatoueur de Brooklyn, un des plus doués de New York, un véritable artiste. »

East Hampton ressemble aux autres villes du comté du Suffolk, à l'image d'une vieille tante assoupie, remâchant éternellement sa jeunesse ou sa gloire passée. Petites maisons basses en bois peint, façades en bardeaux gris, alignement de boutiques de mode, courtils proprement gazonnés. Tout cela est bien agencé, mis en ordre, malgré le flot des touristes et des visiteurs, et d'un calme presque inquiétant, avant même la tombée de la nuit. Le cadastre n'offre aucune véritable surprise.

Sur Newtown Lane, on compte quelques galeries d'art contemporain, des succursales de vêtements de luxe, la filiale d'une banque aménagée dans ce qui fut une église, des officines d'avocats, de conseillers fiscaux ou de juristes. Ici, ni épicerie, ni deli, ni Dunkin' Donuts ou kiosque à journaux, mais des joailliers de renom et une agence Christie's. Affichées en vitrine, les photos des annonces immobilières, où l'unité de compte est le million de dollars, sont toutes légendées : « Tranquility at the Manor », « Impeccable Cottage » (à Bridgehampton), « Light Filled Village Perfection », « Waterfront on Accabonac Harbor », « Village Gem with Pool », « Incomparable Waterfront Compound » (proposé à 7,9 millions de dollars). On a bien du mal à imaginer que ce fut là que fut créé vers la fin du XVIIe siècle, par un aventurier hollandais, la première station baleinière des États-Unis.

Les quartiers populaires – peu étendus – se trouvent de l'autre côté du pont ferroviaire, au nord-est de la ville, où vivent essentiellement des retraités modestes et des Latino-américains (ouvriers du bâtiment, nounous, cuisiniers et plongeuses, femmes de ménage, gardiens privés, jardiniers, *handymen*, tous taillables et corvéables), que l'on peut croiser dans le fast-food à la propreté douteuse, le Mitad del Mundo, ou à la supérette située près de la station-service.

La gérante de l'auberge, qui compte une dizaine de chambres, une jolie brune quadragénaire, m'a conseillé de revenir à la morte saison, entre novembre et mars, pour profiter pleinement du lieu, en toute tranquillité, vidé de ses 80 000 visiteurs pendant l'été, pour une population estimée à

22 000 habitants. Diable, East Hampton, avec ses crépuscules précoces, doit être d'un sinistre pendant l'hiver, d'un ennui anglican, pour tout dire.

J'imaginais Main Street en décembre, avec ses décorations de Noël, les portes ornées d'épaisses couronnes de sapin enrubannées de rouge, les arbres illuminés, la crèche presque grandeur nature installée à l'entrée de l'église immaculée de la Most Holy Trinity, sur Buell Lane, les carols et les hymnes à la Nativité ou aux hivers blancs s'échappant des restaurants jusqu'au snack-bar, ouvert dès 6 h 30 le matin, sept jours sur sept, le Golden Pear Café, tenu par des Mexicains, et où l'on ne sert pas d'alcool. C'est le seul lieu de la ville où l'on peut acheter le *New York Times* et l'*East Hampton Star,* périodique local où la publicité occupe plus de la moitié des pages. Et c'est peu ou prou l'unique oasis accueillante et cordiale de la ville, avec le restaurant familial Rowdy Hall et sa devanture de pub irlandais.

En prenant sur la droite, au niveau de la gare ferroviaire, desservie par une seule voie, on tombe sur le vert cimetière de Cedar Lawn, sans clôture, semé de sobre pierres tombales dressées, de rares croix, mais davantage de petits drapeaux américains fichés dans le sol (lieutenants et enseignes de la Navy, colonels de l'US Air Force, soldats du rang tombés en Afghanistan ou en Irak). Des stèles sans couleur, jamais fleuries, sépultures sans marbre ni stuc, et pas même un portrait de défunt. Et c'est en vain qu'on chercherait dans ce *campo santo* au dépouillement effrayant, un angelot, un crucifix, l'effigie d'une Vierge recueillie ou un caveau familial.

On m'avait appris que le haut fonctionnaire Alger Hiss, accusé à tort par Whittaker Chambers d'être un espion au service de l'URSS, et condamné à la prison au début de la Guerre froide, reposait là, après avoir longtemps vécu à East Hampton, dans le quartier résidentiel d'Osborne Lane, où il est mort à quatre-vingt-douze ans. Je n'ai pas retrouvé sa tombe ni celle de l'auteur de *Catch 22*, Joseph Heller. Et tout le monde a oublié Alger Hiss, comme la plupart de ces Bonackers disparus, comme on surnomme ici les habitants du nord d'East Hampton et de Springs, d'après Accabonac Harbor, la zone la plus cossue de la contrée.

J'en viens et j'en reviens aux voix. C'est ici que j'ai retrouvé cette chère Libby Holman, même si ses chansons langoureuses ne m'ont jamais vraiment quitté, depuis ce dimanche matin de l'hiver 2005 ; une station de radio new-yorkaise passait *Love for Sale*, après des romances de Sinatra et des refrains jazzy de Lee Wiley ou sans doute de Blossom Dearie (« I'll Take Manhattan, the Bronx and Staten Island Too »). Je vivais sans le savoir la fin d'une histoire d'amour ; la neige et le givre recouvraient la ville, Noël approchait. La voix de Libby donnait des frissons à tout cela.

« Let the poets pipe of love
In their childish way,
I know every type of love
Better far than they
If you want the thrill of love,
I've been through the mill of love,
Old love, new love,
Every love but true love. »

Au début des années 1960, Libby Holman et son troisième mari, le sculpteur et muraliste Louis Schanker, achètent une maison moderne et minimaliste, toute en verre et en bois, donnant sur Two Mile Hollow Beach, et qu'elle a baptisée Dune House, vaste propriété à l'abri des regards, plantée de cerisiers, de hêtres, de pruniers, agrémentée de bégonias et de massifs de fuchsias. Le couple y passe tous ses étés, loin de l'agitation de Manhattan, donnant de somptueuses fêtes où se retrouvent et se mêlent starlettes du cinéma et de Broadway, gigolos ambitieux, une partie de la bohème des Hamptons, jeunes chanteuses et célébrités du monde de l'art, notamment Vladimir Horowitz, Carlos Montoya, le guitariste flamenco, Elaine et Willem de Kooning, venus en voisin depuis Springs l'opulente. La Dune House comptait également un autre fidèle invité : Martin Luther King dont Libby soutenait activement le combat pour les droits civiques depuis plusieurs années, y compris financièrement.

Cette impressionnante Dune House, on peut l'apercevoir depuis le sommet des dunes herbeuses de Two Mile Hollow Beach, colorées de seigle de mer et d'oyats, où s'étalent d'interminables franges de sable, bordées par le crescendo des vagues. *Moderato*. On y arrive après 45 minutes de marche depuis le centre-ville, en empruntant la Route 27 en direction d'Amagansett et de Springs, où Lou Reed a vécu ses derniers jours, jusqu'au restaurant de fruits de mer Bostwick Chowder House, après avoir dépassé l'Hôtel de Ville et l'aérodrome. Là, on prend sur la droite, en descendant Cross Highway, qui n'a de *highway* que le nom, puis, toujours en direction du sud, Further Lane, le long desquelles se dressent de hauts conifères, des érables, des frênes, parmi des buissons de houx et des ormes clairsemés, entre manoirs (de ceux que l'on peut voir dans les séries TV américaines), cours de tennis, piscines, étangs et parcs privés, villas protégées, avec leurs accès directs à la plage, pour la plupart résidences secondaires d'habitants de Manhattan, membres du très sélect Maidstone Club de East Hampton, fondé en 1891, bien connu des golfeurs de la côte atlantique. Jusque dans les années 1960, le club était fermé aux Juifs et aux Noirs.

Je me suis aventuré jusqu'à Two Mile Hollow Beach, tôt ce dimanche matin, après une aube de brouillard humide et bas. Il était à peine 6 h 30, la clarté du jour avait déjà cette netteté estivale, implacable ; pas un chat à l'horizon, un silence idéal. « N'entre pas trop vite dans les paysages. Ne jamais les forcer » : c'était le conseil de Gerli. Là, on écoute son souffle, on néglige le bruit de ses pas, on s'étonne de ne pas surprendre un écureuil gris derrière un tronc. Je suis resté là un bon quart d'heure, entre une palissade de bois clair et un panneau estampillé Nature Conservancy, indiquant que les « Atlantic Double Dunes », s'étendant vers l'est, étaient protégées et surveillées.

Le ciel était à l'infini, l'air si limpide, la mer, presque immobile, bordée par une petite écume moutonneuse, jusqu'à l'horizon embrumé. Je n'ai senti ni l'odeur du varech ni les relents âcres du goémon, comme si l'océan avait perdu son iode salé, sa poisse enivrante.

C'était plus fort que moi : je repensais à Gerli, les jours et les nuits que nous avons partagés, sans penser à demain, entre Brooklyn et Port Jefferson. J'aurais aimé qu'elle soit encore là. Son accent, ses mots russes, son catalogue d'oiseaux, la peau qui enivre, les tressaillements. Quelques jours encore. Elle aurait pu découvrir avec moi les chansons de Libby Holman, inégalable dans son rôle de prêtresse du désamour et des torpeurs sentimentales. Libby,

Gerli : deux intermittentes du cœur et de l'amour, blasées des lendemains.

Retour à la voix.

Nous nous reverrons dans trois ans, dans dix ans, ou peut-être un peu plus tard ; où et quand, c'est égal. Elle me croisera par un soir de printemps, dans la rue, m'apercevras dans un café, à Manhattan, à Tallinn, à Paris, Venise, Odessa ou Bréhat ; elle ne me reconnaîtra pas. Ou s'approchera de moi, avant de disparaître et de me dire : « As-tu autre chose à faire que de respirer les parfums d'un passé impuissant ? » Drôle de couplet.

Nous nous ne reverrons plus. Dos à dos, de loin en loin, nous serons. À chacun son destin. Tout cela n'a désormais aucune espèce d'importance : nous avions connu le plus court chemin qu'il peut y avoir entre deux vies. On appelle ça une histoire, qui tombe et tombe encore dans l'abîme du temps. Son nom était GERLI.

Je n'ai pas de photo d'elle ; toujours, elle a refusé de passer devant l'objectif. Peut-être Charlie en a-t-il, prises dans son appartement de Brighton Beach, ou au cours du banquet nuptial, du vin d'honneur ?

Il faudra désormais donner au passé l'émoi flétri d'un souvenir. Rien de plus. J'étais à l'étroit, à la recherche d'un souffle nouveau, dans cette sorte d'espace que devient le temps, quand tout s'est éloigné à jamais.

Au bout de trois jours à peine, East Hampton m'ennuyait, sa mesquinerie provinciale me portait sur les nerfs, tout comme les boutiques où s'affichait l'opulence, les grosses cylindrées, les SUV et les pick-up trucks, omniprésents. Comment peut-on vivre ici durant l'hiver, quand la nuit tombe dès 16 heures ? *Bored to sobs*, comme on dit. J'hésitais encore : poursuivre mon périple ou rentrer dès que possible en France ?

Une dernière fois, j'ai salué le petit groupe de biches et de chevreuils paissant tranquillement parmi des couples de dindons, des faisans, sur un pacage vert et accidenté, situé entre l'auberge et la voie de chemin de fer.

Sag Harbor n'était qu'à une douzaine de kilomètres, j'y serai demain. Qu'allais-je trouver ou découvrir, dans cette petite station balnéaire chic, qui avait bâti sa fortune sur l'exploitation de l'huile de baleine, destinée à alimenter les lampes, en attendant l'arrivée du pétrole ? Et qui, chaque année, au moment de son âge d'or, au milieu du XIXe siècle, traitait 600 000 barils de fanons, résistants et flexibles, destinés à la confection de parapluies, d'ombrelles, de corsets et même de fouets. Sans compter les tonnes de spermaceti, cette graisse huileuse et noble extraite à grands seaux du crâne des cétacés, à partir de laquelle on fabriquait des savonnettes et des bougies, et plus tard de la nitroglycérine.

GREAT NECK
OU LE PIANO D'ELIE
(Intermezzo)

Durant l'interminable trajet entre Port Jefferson et East Hampton, j'ai été tenté de faire une halte, donc un détour, par Great Neck, à la lisière du Queens, avant de me raviser. Là où j'étais passé avec Gerli, quelques jours auparavant, sous un terrible orage. C'est dans une petite localité du comté de Nassau, lovée au creux de la baie de Manhasset, qu'avait vécu le compositeur Elie Siegmeister, jusqu'à sa mort, en 1991.

Négligé par la critique, aujourd'hui tombé dans l'oubli, ce pianiste n'était ni d'avant-garde, ni ringard, mais n'a laissé aucun chef-d'œuvre marquant. C'est pourtant toujours avec plaisir que je l'écoute, à travers quelques rares enregistrements. Il est sans doute l'Américain qui a consacré la plus grande partie de son œuvre à la mélodie, après Ned Rorem.

Parmi les nombreux poètes qui l'ont inspiré : Antonio Machado, William Blake, Lawrence Ferlinghetti, Cummings, Langston Hughes (*Madam to You*), son ami Norman Rosten. Parmi ses quelques opéras, j'ai retenu celui qu'il a écrit d'après *Le Tonneau* de Bernard Malamud, et qui fut son dernier.

À la fin de sa vie, Siegmeister avait une dernière fois rendu hommage aux écrivains qu'il admirait par-dessus tout : Whitman, Mark Twain, Thoreau dans *From These Shores* pour piano solo. On lui doit également la musique du film *Ceux de Cordura,* avec Gary Cooper et Rita Hayworth dans les rôles principaux.

Sa finesse extrême et sa discrète délicatesse, on la retrouve dans son cycle pour piano, composé en 1946, *Sunday in Brooklyn*, et dont il n'existe qu'un seul enregistrement. Cinq thèmes simples et pleins de charme, qui s'achèvent avec l'étourdissant *Coney Island*, qu'on se surprend à siffloter. Curieusement, l'ouverture, intitulée *Prospect Park*, par son rythme lancinant aux accents de blues, au parfum de bastringue, semble annoncer, dès les premières mesures, la musique d'*India Song* de Marguerite Duras, avec une trentaine d'années d'avance.

Je peux encore aujourd'hui l'écouter cinq ou six fois à la suite, sans jamais m'en lasser.

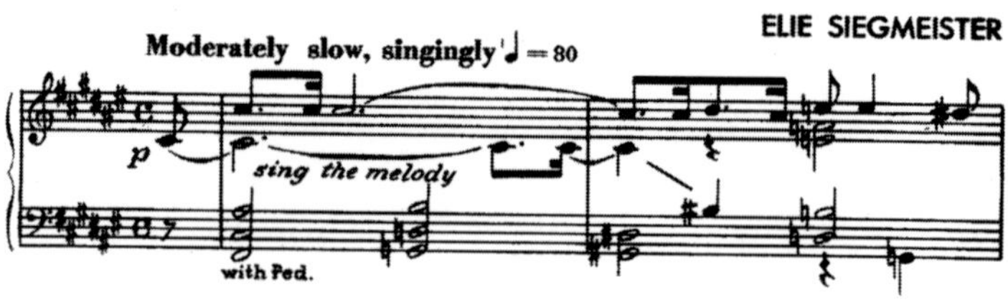

SAG HARBOR

Voilà une vingtaine d'années que Kathryn Szoka et une de ses amies ont repris une librairie sur Main Street, Canios' Books, située à la lisière d'Otter Pond, étang sablonneux aux eaux mornes, ceint de roseaux, de joncs, et fréquenté par les colverts et les cygnes. Chaque année, au mois de juin, elles organisent à Sag Harbor un « Moby-Dick Marathon », au cours duquel se succèdent des dizaines de passionnés pour lire en public l'intégralité du chef-d'œuvre de Herman Melville, paru en 1851, alors que la chasse à la baleine et au cachalot depuis Sag Harbor, entamait son déclin. Au fil des ans, la manifestation a remporté un succès de plus en plus grand, avec des lectures se poursuivant également à l'Old Whaler's Church, et au Whaling and Historical Museum, accueilli dans un imposant bâtiment blanc de style *Greek Revival*, avec son portique flanqué de quatre colonnes corinthiennes, qui fut le temple d'une loge maçonnique jusqu'à la fin de la Seconde Guerre mondiale.

Kathryn Szoka me l'a appris : à vingt ans à peine, Herman Melville avait tenté, en compagnie de son frère aîné Gansevoort, de s'engager à bord d'un baleinier ayant jeté l'ancre près de Sag Harbor, sans succès, avant de se rabattre quelques semaines plus tard sur un navire marchand, le *St. Lawrence*, sur lequel il embarque comme novice, cap sur Liverpool. Elle saisit un exemplaire de *Moby Dick,* débordant de marque-pages colorés, le feuillette et me conseille : « Relisez le chapitre XIII, il y évoque cette première tentative d'expérience maritime à Sag Harbor, à travers le personnage du harponneur venu des mers du Sud, Queequeg, le grand ami d'Ismaël, et ce, de façon à peine détournée. »

Dans ce petit antre qui sent l'encre et le bois, auparavant une friperie chic, à la devanture blanche et bleu outremer, on trouve aussi bien des livres d'occasion, des best-sellers, de la poésie, de l'histoire, que des éditions rares et de nombreux ouvrages sur les Hamptons, sur Sag Harbor, premier bureau de douanes ouvert aux États-Unis, en 1789, cette super-Deauville de l'Atlantique, et leurs citoyens les plus prestigieux, ici mis à l'honneur. Les Indiens y avaient implanté un village, appelé Wegwagonock, c'est-à-dire : « Au pied de la colline ».

Aujourd'hui, ce que Kathryn appelle sa « grande cause », c'est de convaincre la municipalité de racheter la vaste propriété de John Steinbeck, mise en vente par ses héritiers pour la somme de 16 millions de dollars. *My little fishing place*, comme il appelait son cottage, bâti sur un terrain de 7 000 mètres carrés, précisément à Bluff Point, sur Morris Cove, à l'ouest de la bourgade, où il s'était installé au milieu des années 1950, avec sa troisième femme, Elaine, au moment de l'adaptation au cinéma d'*À l'est d'Eden* par Elia Kazan.

En moins de vingt minutes, Kathryn a fait le tour des lieux fréquentés ici par Steinbeck, en me proposant des cartes postales de sa maison, avec le fameux cabinet d'écriture dressé au milieu du jardin, sorte de kiosque ou de gazebo en bois blanc, surnommé *Joyous Garde*, où il avait composé *Voyage avec Charley,* relation de sa traversée des États-Unis en camping-car, avec pour seule compagnie son chien, et où l'on peut lire : « People don't take trips – trips take people », ainsi que *L'Hiver de mon mécontentement*, son dernier roman, où l'on reconnaît Sag Harbor, rebaptisée Newbay Town.

Ensuite, Kathryn, qui avait débuté comme photographe indépendante, a évoqué en détail les bars et les restaurants où il aimait s'attarder : le très chic Baron's Cove, donnant sur la baie et qui fut jadis un lieu populaire. Steinbeck y buvait son cocktail favori : le Jack Rose, composé de calva, de jus de citron et de grenadine. Ou bien y dégustait un *pork posole*, ragoût d'échine de porc garni de radis, de grains de maïs, de piments rouges et d'oignons, une spécialité d'origine mexicaine (*pozole*), qu'il appelait Pissole, découverte dans les années 1940, au cours de ses séjours en Amérique centrale. Steinbeck fréquentait également le Paradise, sur l'interminable Main Street, qui aujourd'hui a fait place à un restaurant dont le chef est français, le Lulu, et le Black Buoy, aujourd'hui disparu.

Kathlyn était intarissable. Son enthousiasme, puisqu'elle avait trouvé un bon public en ma personne, s'est porté sur Nelson Algren, « l'amant américain » de Simone de Beauvoir. C'est lui qui avait été l'invité d'honneur de la première rencontre publique organisée dans sa librairie, alors animée par son fondateur, Canio Pavone, en mai 1981, quelques jours avant sa mort, brutale. Son épitaphe, lapidaire, sur une simple stèle gravée, entre un chêne et un buisson d'azalées : « THE END IS NOTHING, THE ROAD IS ALL. »

On ne rivalise pas avec les morts.

Kathlyn s'en souvenait parfaitement : « C'est comme si c'était hier. Toujours élégant, attentionné, il semblait taillé dans le bois massif, avec une allure d'ours ou de bûcheron. Il était encore bel homme… D'une voix bien posée, à la fois railleuse et tendre, il avait lu un de ses poèmes et des extraits de son recueil *The Last Carousel*. Ensuite, il avait entraîné ses proches dans un restaurant italien de Madison Street. Vous trouverez facilement, ce n'est pas très loin du monument commémoratif de la Guerre de Sécession. »

Nelson Algren s'était installé à Sag Habor quelques mois auparavant, dans une petite maison en bardeaux blancs, sur la Glover Street, une artère calme, à quelques centaines de mètres de la librairie et de la Whaler's Church. Son salon était tapissé de lettres de Simone, de coupures de presse, de photos de Proust, Abraham Lincoln, Dickens, de dessins d'enfant, de jaquettes jaunies de ses livres, de pochettes de disques, de portraits de lui en uniforme de l'US Army, flâneur dans les rues de Chicago. Et, disposées ici et là, depuis l'entrée, des statuettes précolombiennes, des couvertures guatémaltèques et des tissus mexicains.

À soixante-douze ans, pensait-il encore à Beauvoir, qui fut sa plus belle histoire d'amour – sans issue ? Pensait-il à leur rencontre dans son fief de Chicago en 1947, puis leur simulacre de lune de miel dans son cottage en bordure du lac Michigan, trois ans avant le succès international de *L'Homme au bras d'or* ? Aux séjours du couple improbable et condamné, ensuite au Mexique et au Guatemala, à Paris, en Italie du Sud, à Djerba, à Fez, à Marrakech, alors que Sartre s'était follement épris d'une New-Yorkaise d'origine italo-éthiopienne, Dolorès Vanetti, rencontrée à Manhattan en 1945, et qui le suivra à Cuba et au Mexique. Sartre, répondant alors à l'ultimatum posé par le Castor, « Elle ou moi ? », par ces mots : « Je tiens énormément à Dolorès, mais c'est avec vous que je suis. » C'était en 1950. Six ans plus tard, Nelson Algren publiait son roman *A Walk on the Wild Side* ; sa gloire ira ensuite en déclinant. Déjà, il était en marche vers l'oubli.

Lou Reed lui empruntera son titre, sans le créditer, et en fera son premier succès commercial. « Doo doo-doo… »

Dans *La Force des choses*, à propos de Sartre, le « Castor » écrit que leur « couple était infracassable », ajoutant même : « Nous avions voulu connaître des "amours contingents" ». Nelson et Dolorès en furent les victimes, consenties sans doute.

La dernière lettre adressée par Beauvoir date de l'automne 1964, quatre ans après leur ultime rencontre, à Paris, où Beauvoir l'a accueilli, rue Victor-Schœlcher, alors qu'elle venait de rentrer de Cuba, avant une escapade à deux en Espagne, en Grèce et en Turquie. « Donnez de vos nouvelles, chère vieille bête, à moins que vous ne soyez trop occupé à vous habillez beau. Comme toujours, avec grand amour », signé « Votre Simone ». Ce fut là le point d'orgue d'une histoire aussi intense que déséquilibrée. On ignore ce que lui a répondu Algren, « ce vieux hibou » : la publication de ses lettres est toujours bloquée par ses héritiers.

En 1965, il publie l'un de ses derniers livres, sans doute un de ses meilleurs, un superbe récit de voyage sous forme d'enquête, où nous le suivons du port de Seattle aux bas-fonds de Kalyani au Bengale, en passant par Hongkong, la Corée du Sud, Bombay et Calcutta. Parfaitement anglophone, Simone de Beauvoir avait-elle lu ses *Notes From a Sea Diary* ? Alors qu'elle avait apprécié *Who Lost an American ?* qu'il lui avait dédié, deux ans plus tôt, au moment où elle achevait *La Force des choses,* et dont elle avait traduit quelques extraits pour Sartre.

Dans *Les Mandarins*, récompensé par le prix Goncourt en 1954, et dédié à Nelson Algren, Beauvoir avait librement romancé les premiers feux de cette liaison, dont elle n'avait rien caché à Sartre, qui y apparaît sous les traits de Robert Dubreuilh, alors que le personnage de Lewis Brogan est largement inspiré de Nelson Algren, sa « subversive bête de mon cœur », comme elle le dira plus tard, qu'elle a décrit ainsi, dans une lettre à Sartre : « C'est l'Américain typique, au visage de bois, au corps sans expression. » Il l'avait demandé en mariage : elle a refusé net. Algren ignorait l'accord conclu entre les deux écrivains français : pas de vie commune, pas d'enfants, et pas de mariage.

Lors de son premier séjour à New York, en 1947, Simone de Beauvoir avait tenu à rencontrer sa rivale, Dolorès Vanetti, « mignonne comme une petite idole annamite ». Ce qu'elle fit, à plusieurs reprises, entre autres au Sherry Netherland, puis au Pink Elephant, dans le quartier de Chelsea, que Sartre et sa maîtresse américaine fréquentaient. « Je l'ai trouvée exactement telle que je supposais, écrit-elle à son infidèle compagnon, je l'aime beaucoup et j'ai été très heureuse parce qu'à la fois je comprenais vos sentiments, je les touchais, je vous louais de les avoir – et je ne m'en sentais pas gênée le moins du monde. »

Curieusement, ce qu'ignorait Kathryn Szoka, qui a attiré mon attention sur le monologuiste Spalding Gray, qui vivait à trois pâtés de maisons, avant de mettre fin à ses jours par noyade au cours de l'hiver 2004, en se jetant du ferry de Staten Island, c'est que le chorégraphe George Balanchine avait une résidence d'été à Southampton, et aimait se rendre à Sag Harbor, où il repose depuis 1983, aux côtés de la ballerine Alexandra Danilova, pas très loin du monument dressé à la mémoire des capitaines baleiniers disparus en mer, le Broken Mast. Ancien patron des Ballets russes, cofondateur au lendemain de Seconde Guerre mondiale du New York City Ballet, magicien de *L'Oiseau de feu,* enchanteur du *Lac des cygnes* et de *Coppélia*, Balanchine avait reçu une étrange commande émanant des dirigeants du cirque Ringling Brothers & Barnum, en 1941. Il s'agissait d'un nouveau spectacle-ballet mettant en scène des éléphants d'Asie au Madison Square Garden. Pas moins d'une cinquantaine de pachydermes, portant des tutus roses, tous montés par de jeunes ballerines, parmi lesquelles Vera Zorina, chevauchant les quatre tonnes de chair et d'os d'Old Modoc, le meneur de cette chorégraphie particulière, impensable ailleurs qu'aux États-Unis.

Sollicité par son ami Balanchine, Igor Stravinsky, exilé en Californie, après avoir imposé ses conditions financières, accepta de composer la musique de ce bref et délirant *Circus Polka* pour orchestre de fanfare, qu'il enregistrera par la suite. Donné pour la première fois le 9 avril 1942, l'extravagant ballet pachydermique (dont quelques rares photos en noir et blanc témoignent), toujours dans le cadre du *Greatest Show on Earth*, fit ensuite la tournée des grandes villes américaines, avec plus de 400 dates, dans le cadre de la collecte de fonds au titre de l'effort de guerre, sous forme de Liberty Bonds. Parmi les spectateurs enthousiastes, la poétesse Marianne Moore, qui en fit le récit exalté, publié dans une revue spécialisée dans l'art chorégraphique.

TERMINUS MONTAUK

Le nom m'était familier depuis des lustres. Par sa sonorité, il était lié dans un premier temps, à *tomahawk*, ensuite, à un mauvais film, tiré d'un bon livre, et enfin à une série TV américaine. La première fois que je l'avais entendu, vers l'âge de neuf ou dix ans, c'était de la bouche d'un de mes oncles, le frère cadet de ma mère, guitariste amateur, inconditionnel des Rolling Stones. Dans son garage aménagé en local de répétition, entre les guitares Gretsch ou Gibson, les amplis et un piano électrique, il avait accroché aux murs recouverts de planches de bois clair une douzaine de photos du groupe, sur scène ou à la ville. Sur l'une d'entre elles, ma préférée, prise à Montauk en 1975, on reconnaissait Keith Richards et Mick Jagger face à face, pris d'un fou rire, en compagnie d'Andy Warhol, qui les avait accueillis le temps d'un été dans son immense propriété, acquise au début des années 1970, baptisée Eothen, face à l'Atlantique.

Hot stuff. Comme le titre de la chanson avec son accord sautillant, composée, selon mon oncle, au cours de leur séjour, tout comme *Memory Motel*, une ballade geignarde. J'imagine que Jonas Mekas faisait également partie des invités, tout comme le reporter-photographe Peter Beard (retrouvé mort dans le parc naturel menant à la pointe de Montauk, au printemps 2020), et les proches amies de Warhol, Jackie Kennedy-Onassis, native de Southampton, et sa sœur cadette Lee Radziwill, née Caroline Lee Bouvier.

Et quarante ans plus tard, j'y suis. Débarqué à la gare de Montauk, terminus de Long Island, par un beau matin, en pleine haute saison. Fin de parcours dans ce paradis estival pour surfeurs et amateurs de pêche au gros, après les étapes en solitaire d'East Hampton et de Sag Harbor. Le wagon avait été envahi par un groupe de jeunes braillards, montés à Amagansett, adolescents prêts à en découdre avec les vagues, les rouleaux et les *backwashes* de Kirk Beach Park, Atlantic Terrace, Ditch Plains Beach, Culloden Shores, Hither Woods ou Gin Beach ; un sillon étroit de plages qui s'arrêtent en contrebas des falaises érodées, au sommet desquelles se dresse le phare historique, avec un premier feu allumé en 1797, huit lampes à mèche, alimentées alors par de l'huile de baleine, et auquel on accède en longeant le Hero State Park, ancienne base militaire, planté de hêtres, de pins, de gommiers, de bouleaux et de chênes aux feuilles brûlées par le soleil.

L'entrée de la petite ville, près de la Plaza égayée par un kiosque coiffé d'un double-toit, est dominée par un imposant bâtiment résidentiel bicolore, brun et crème, The Tower. Il a été érigé en 1926 par l'entrepreneur et pionnier impitoyable du capitalisme moderne Carl Graham Fisher qui, juste avant la Grande Dépression, avait jeté son dévolu sur Montauk, rachetant la quasi-totalité des terrains disponibles de la péninsule, pour en faire le « Miami Beach du nord ». Né en 1874 dans l'Indiana, ancien coureur automobile et promoteur du circuit des cinq cents miles d'Indianapolis, il avait fait construire la Lincoln Highway, traversant les États-Unis d'est en ouest, puis la Dixie Highway, qui relie Miami à Chicago sur neuf mille kilomètres, avant de faire sortir des marécages et des mangroves le complexe balnéaire de Miami Beach, créant la toute première ville nouvelle vouée au tourisme à grande échelle, à la tranquillité cossue, et aux loisirs des riches retraités.

À Montauk, Fisher a fait bâtir le yacht – club, une bibliothèque, la Montauk Community Church, une école, des maisons imposantes de style Tudor, a créé une marina, aménagé un parcours de golf et des terrains de polo, ouvert un casino, puis une piscine olympique et un hôtel de luxe : le Montauk Manor dans le style géorgien, situé sur les hauteurs boisées de la bourgade. En 1927, il avait même fait relier à coups de dynamite le Lake Montauk au Block Island Sound à l'Océan. Le slogan de Fisher était : « Miami Beach in the Winter ; Montauk in the Summer. » Ses ambitions ont pris fin avec le krach boursier de 1929, qui l'a ruiné, évitant ainsi à Montauk le bétonnage de son littoral, les gratte-ciel blancs et le massacre de ses paysages naturels. Carl Fisher a fini sa vie en Floride, où il meurt en 1939, criblé de dettes, ravagé par l'alcool.

C'est à peu près à cette époque que la taverne Shagwong a ouvert ses portes, sur la Montauk Highway, dernier tronçon de la Route 27, à quelques centaines de mètres d'une église catholique flambant neuve, posée sur un tertre, et consacrée à sainte Thérèse de Lisieux, appelée au moment de sa consécration, The Church of the Little Flower. Dans un premier temps, lieu de prédilection et de réconfort des marins et des pêcheurs, le Shagwong acquiert sa célébrité à partir des années 1970 en y accueillant des vedettes et des artistes, notamment Warhol, Bianca et Mick Jagger, plus tard Liza Minnelli et le graffiteur Keith Haring, et même Catherine Deneuve.

À peine avais-je terminé ma soupe de clams à la crème, que le serveur du Shagwong, pigiste occasionnel au magazine de luxe *Whalebone*, créé à Montauk en 2015, m'a conseillé de revenir en fin de soirée. Une chanteuse et guitariste du cru, une certaine Nancy Atlas, donnait un récital dans la salle principale, aux boiseries d'acajou rehaussées de cuivre, ornées de clichés de pêcheurs posant avec leurs prises, et décorées de gros poissons grandeur nature sculptés dans le bois. Des chansons, m'avait dit le barman, qui parlaient des hommes de mer, d'égarement et de regrets, d'amours trahies, mêlées de reprises des Rolling Stones et d'un extrait du *Candide* de Leonard Bernstein. Mais je n'avais pas le cœur à l'écouter seul, il m'aurait fallu la présence de Gerli ou plutôt celle de Charlie, qui commençait à me manquer. Était-il toujours au Mexique, avec Anastasia ? La solitude me pesait ; elle m'était imposée par les circonstances.

Arrivé devant l'enceinte qui donne accès au phare aménagé en musée, et où plusieurs dizaines de personnes faisaient la queue, les vers de Whitman ont fait leur retour, ceux de *From Montauk Point.*

> « Je suis là comme sur quelque bec d'aigle gigantesque
> Absorbant vers l'est la mer et la contemplant (rien que mer et ciel),
> Les vagues ballottées, l'écume, les navires au loin… »

Je venais de rater le train. Il me restait deux bonnes heures à attendre le prochain pour retourner à

Manhattan via Jamaica, et récupérer mes affaires, avant de mon départ pour l'Europe.

À une centaine de mètres à gauche de la gare, posé sur le gazon brûlé par le soleil, à l'ombre d'un conifère, j'ai aperçu un bloc de roche surmonté d'un haut mât où flottait le drapeau américain. Je m'en suis approché pour y lire, gravé sur la plaque de bronze, un hommage aux héroïques Rough Riders qui avaient combattu les troupes espagnoles à Cuba, il y a plus d'un siècle : « Dedicated to the memory of col. Theodore Roosevelt and the Rough Riders who landed here. Aug. 14. 1898. » C'est là que les volontaires, de retour de leur combat victorieux, avaient été mis en quarantaine dans un camp improvisé, après avoir contracté la malaria à Cuba. Vaste lazaret militaire où a été construit depuis un ensemble résidentiel, bordé de roseaux et de hautes herbes marines plantés sur du sable pierreux, le condominium Rough Riders Landing, donnant sur les plages tranquilles frangeant la baie de Fort Pond.

Dès mon retour en France, j'ai écouté les refrains teintés de folk de Nancy Atlas, auparavant serveuse dans les bars et cafétérias de Sag Harbor et de Wainscott. Dans l'une d'entre elles, la chanteuse à la voix claire, répète :

« Cause the ocean's your mother
Your bitch and your lover
And nobody gets ride to be free

It's a roll of the dice if she'll let you survive. »

Des mots qui seront repris en épigraphe du récit épique de deux marins-pêcheurs de Montauk rescapés du naufrage en pleine nuit de l'*Anna Mary*, en juillet 2013, John Aldridge et Anthony Sosinski (*A Speck in the Sea : A Story of Survival and Rescue*). Dans la mémoire des citoyens de Long Island, ce drame renvoyait aux naufrages tragiques du chalutier *Wind Blown* en 1984, et à celui du *Pelican*, qui fit 45 victimes parmi les plaisanciers venus de Manhattan par train spécial, le week-end du Labor Day en 1951.

Un livre m'attendait également, récemment traduit en français : le Journal d'exil du Hongrois Sándor Márai. Dans les années 1950, il s'était installé à New York et avait fait quelques séjours dans les Hamptons et à Montauk, en compagnie de sa femme Lola et de son fils János. Sans doute est-il l'écrivain étranger qui a le mieux parlé de ce bout du monde, de cette porte insulaire de l'Amérique ; c'était durant l'été 1955 : « La mer est écumante, impatiente, dure. Impossible de se baigner ou de nager, mais, en restant assis dans l'eau sur le bord, on se rafraîchit. Un petit bois proche du rivage, avec les senteurs particulières, douces-amères, du maquis, les parfums âcres des pommes de pin et des plantes de bord de mer, un lac parsemé de lotus. L'air est vif et mordant, un air immense et imperturbable, le souffle du monde. » Celui du Nouveau Monde.

Les mots de Márai m'avaient donné *a posteriori* l'émotion que je n'avais pas su ressentir alors que je traversais le bois qui menait au phare blanc et carmin de Montauk, et qui m'avait déçu, comparé à celui d'Inishmore, sur la plus grande des îles d'Aran, ou à celui des Triagoz, à Trégastel. Et que dirais-je de celui du Morro, à l'entrée du port de La Havane, à jamais sentinelle de mes rêves, de mes illusions ?

RETOUR À OYSTER BAY
(ÉPILOGUE)

Plus de deux ans avaient passé. Deux années sans Charlie, que je ne reverrai pas avant longtemps, j'imagine. Aux dernières nouvelles, il était par intermittence guide touristique à Key West, et envisageait de s'installer sur les côtes bretonnes ou en Irlande, il hésitait ; l'appartement de Brighton Beach avait été vendu à un bon prix. Anastasia venait de le quitter. C'était écrit à l'avance. Son message s'achevait sur les mots suivants : « Que veux-tu, j'ai l'âme à la mer. »

Mon pèlerinage familial et sentimental de l'été 2019 avait laissé un goût d'inachevé, désagréable. Quelque chose manquait, un je-ne-sais-quoi faisait défaut, à mes bouts de mémoire, à mes envies, à mes ratés. Jusqu'à mes regrets. Un grain de sable dans les rouages.

Le passé me narguait.

Je répétais une vie possible. C'est ainsi qu'on raconte sa propre histoire.

Six mois après avoir quitté Long Island, Gerli avait enfin donné de ses nouvelles, me laissant un message lapidaire : « Avais-tu senti l'immense silence de la mer qu'il y a en moi. Comme s'il y avait des jours où je n'existais pas... J'ai trop attendu la vie. Il est grand temps de s'effacer. À tes yeux... J'ai été incapable de ne pas t'aimer. » Ensuite, elle s'est définitivement volatilisée. Depuis, à deux ou trois reprises, elle est réapparue dans mes rêves, déformée, méconnaissable, éteinte. Perdue.

Trois semaines plus tard, j'étais en Estonie, le petit pays perdu qui semble disparaître dans le ciel. Le temps de quelques jours passés à Tallinn, puis sur l'île retirée de Hiiumaa. Pour voir ce qu'elle avait vu. Respirer son air, changer de méridien, écouter le sifflement du vent entre les donjons et les murailles, entendre cette langue estonienne ni chantante ni plaisante, aux accents brefs. Prendre une bonne gorgée de vent. Plus rares, les phrases russes lâchées, captées dans les rues pavées, dans les salons de thé, au vieux café Maiasmokk, sur les marchés à ciel ouvert, dans les alentours du château perché sur le promontoire de Toompea. La mer Baltique étalait ses variations monotones de gris, à l'infini. Comme si tout allait recommencer.

À Port Jefferson, au moment des adieux, j'avais offert à Gerli ma bague-vanité de chez Codognato, qu'elle a enfilée sur son pouce, à trois doigts de sa chevalière à tête d'oiseau. Impossible de regretter ce présent. Pourquoi ? Ma timidité orgueilleuse ne m'avait pas lâché.

Je suis donc revenu à Oyster Bay, sur la scène des retrouvailles fraternelles, comme si je m'étais préparé à rejouer l'histoire. Le passé est contagieux, dit-on, et me souvenir aurait permis de tenir le passé loin de moi. Peine perdue et grande naïveté. Comme si on pouvait retenir ou confiner le passé dans le passé, son bric-à-brac spectral.

C'était le 4e dimanche avant Noël, soit le 1er jour du temps liturgique de l'Avent. Allongé sur le sable humide et froid, la tête sur mon caban breton roulé en boule, sous un soleil de dégel, j'observais quatre ou cinq escadrilles en V de bernaches du Canada jacassantes, et qui se sont succédées à intervalles réguliers, cap au sud, après avoir dépassé le port de plaisance, puis survolé les ondulations du drapeau étoilé rouge et bleu dans le ciel léger.

Tout ici y était propre, ordonné, sans surprise, de la gare jusqu'à la plage. On aimerait y trouver les restes d'une barque démembrée, un cadavre de mouette, des détritus qui empestent le varech et le vomi, quelques feuilles mortes sur le monument en hommage à Theodore Roosevelt. Un accroc dans le paysage. Surprendre un courlis au bec démesuré, entendre un mioche pleurer, surprendre deux adolescents s'embrasser, voir la mer s'emporter, briser des barques, rejeter des corps. Je me suis approché du rivage et des petits blocs de roche, guettant, penché sur l'eau, un bigorneau, la trace d'une étrille bleue, une littorine, des berniques ou des ormeaux nacrés. Rien. Que l'on sache, pas de pêche à pied ici, avec hotte, râteau, bouquetout ou haveneau.

Pour le simple plaisir des sonorités, j'égrenais à voix haute le nom des localités desservies depuis mon départ par le train régional : Mineola, Albertson, Roslyn, Sea Cliff, Glen Cove, Locust Valley, Oyster Bay.

Je pensais aux boutiques et aux lieux de rendez-vous qui entretemps avaient définitivement cessé leur activité ou avaient été condamnés à l'oubli : le restaurant Teresa's à Brooklyn Heights, le 7-Eleven de Sag Harbor, le centenaire hôtel Pennsylvania, promis à la destruction, le mythique 21 Club et le Century 21 Department Store de Manhattan, le glacier Scoop du Jour d'East Hampton, sur Newtown Lane, et quelques mètres plus en amont, le Babette's, où j'avais dîné en solitaire. J'avais également retenu le nom de Joey Chesnut, qui l'été dernier a avalé pas moins de 76 hot-dogs et buns en moins de dix minutes, remportant une nouvelle fois le très populaire Hot-Dog Eating Contest organisé par Nathan's à Coney Island depuis 1916. Tout récemment, la gare de Jamaica avait été agrandie avec la mise en service d'une nouvelle plateforme, desservant directement Penn Station, au cœur de Manhattan.

Dans quelques jours aura lieu la nouvelle édition du recensement annuel des espèces d'oiseaux à Oyster Bay, établi depuis 1938 par des amateurs de plumes, la veille des fêtes de Noël, le très officiel Audubon Montauk Christmas Birds Count. Bien que professionnelle, Gerli y avait participé il y a quatre ans, décomptant passereaux, échassiers, palmipèdes et rapaces : colverts, merles d'Amérique, bécasseaux, harles couronnés, troglodytes de Caroline, rares spécimens de pygargues à tête blanche, bruants chanteurs, cardinaux rouges... avant de créer un forum *ad hoc* sur Internet, riche d'une centaine de photos. Site qu'elle a depuis abandonné, puis fermé.

Après un moment d'hésitation, j'ai poussé la porte du Wild Honey avant de me raviser et de retourner sur la plage ventée, aux vagues empanachées. Effrayé à la simple idée d'entendre à nouveau Billy Joel et *Melissa* ou de tomber sur Charlie, me répétant : « Es-tu bien sûr d'avoir fait le mauvais choix ? » Mais non, c'était l'insupportable *Jingle Bells* ou bien *White Christmas*, impossible de me souvenir. J'aurais préféré entendre le refrain de *Little Drummer Boy* (« Pa rum pum pum

pum ») que j'associais aux sapins enguirlandés et odorants, à la neige qui ne vient pas. Tant de choses ne s'étaient pas fixées dans la mémoire.

Et les images mal fixées et les mots flous ont poursuivi leur bal et leur mascarade. Depuis Brooklyn Heights jusqu'à Montauk, via Brighton Beach, le Queens, Port Jefferson, les Hamptons. Les yeux profonds de Gerli, nos longues débauches de bonheur, le sourire de Charlie, la pluie d'orage à Manhasset, l'ombre de Papa, l'auteur de mes jours, comme on disait joliment avant, à Staten Island, puis la bande de chevreuils traversant sous mes yeux la Route 27, la trompette de plus en plus lointaine de « Quiet City » et le chant tourmenté de Libby Holman, les spectres qui ne se reviendront plus, l'horizon fermé par des îles.

Le cœur plein d'émoi.

Seule la mémoire des sons est fidèle, consolatrice.

Ça se passait au fond de l'âme. Le silence était plus grand qu'ailleurs.

Je n'arrivais plus à entrer dans ma mémoire.

Références

Bibliographie choisie

En français

Paul Bowles, *Mémoires d'un nomade*, traduit de l'anglais par Marc Gibot, « Points », Seuil, 1994.
Jerome Charyn, *C'était Broadway*, traduit de l'anglais par Cécile Nelson, Folio, 2007.
Paolo Cognetti, *Carnets de New York*, traduit de l'italien par Anita Rochedy, Stock, 2020.
Max Frisch, *Montauk*, traduit de l'allemand (Suisse) par Jean et Michèle Tailleur, Gallimard, 1978.
John Irving, *Une veuve de papier*, traduit de l'anglais par Josée Kamoun, « Points », Seuil, 2000.
Vladimir Maïakovski, *Ma découverte de l'Amérique*, traduit du russe par Laurence Foulon, préface de Colum McCann, Éditions du Sonneur, 2017.
Jonas Mekas, *Je n'avais nulle part où aller*, traduit de l'anglais par Jean-Luc Mengus, P.O.L., 2004.
Paul Morand, *New York*, GF, Flammarion, 1988.

Thomas Pynchon, *Vente à la criée du lot 49*, traduit de l'anglais par Michel Doury, « Points », Seuil, 2021.
Delmore Schwartz, *Le monde est un mariage*, traduit de l'anglais par Daniel Bismuth, Le Serpent à plumes, 2006.
Hubert Selby Jr., *Last Exit to Brooklyn*, traduit de l'anglais par Jean-Pierre Carasso et Jacqueline Huet, Albin Michel, 2014.
John Steinbeck, *Une saison amère*, traduit de l'anglais par Anouk Neuhoff. « Biblio », Le Livre de Poche, 1998.
Colson Whitehead, *Sag Harbor*, traduit de l'anglais par Serge Chauvin, « Arcades », Gallimard, 2014.
Walt Whitman, *Œuvres choisies*, traduit de l'anglais par André Gide, Valery Larbaud, Jules Laforgue, *et al.*, NRF, 1918.
Tennessee Williams, *Mémoires d'un vieux crocodile*, traduit de l'anglais par Maurice Pons et Michèle Witta, « Points », Seuil, 1993.

En anglais

James Agee, *Brooklyn Is. Southeast of the Island : Travel Notes*, Fordham University Press, 2005.
Colin Asher, *Never a Lovely So Real: The Life and Work of Nelson Algren*, W.W. Norton & Company, 2019.
Helen A. Harrison et Constance Ayers Denne, *Hamptons Bohemia. Two Centuries of Artists and Writers on the Beach*, Chronicle Books, 2002.
Bill Bleyer, *Long Island and the Sea. A Maritime History*, The History Press, 2019.
Paul Bowles, *Paul Bowles on Music*, University of California Press, 2003.

Whittaker Chambers, *Ghosts on the Roof. Selected Journalism (1931-1959)*, Regnery Gateway, 1989.
Aaron Copland et Vivian Perlis, *Copland : 1900 Through 1942*, St. Martin's Griffin, 1984.
Aaron Copland et Vivian Perlis, *Copland Since 1943*, Marion Boyars Publishers, 1994.
Amanda M. Fairbanks, *The Lost Boys of Montauk*, Gallery Books, 2021.
Robin Jaffee Frank, *Coney Island. Visions of an American Dreamland, 1861-2008*, Yale University Press, 2015.
Spalding Gray, *The Journals of Spalding Gray*, Vintage, 2012.
John E. Hammond, *Images of America. Oyster Bay*, Arcadia Publishing, 2009.
Lucas Hunt, *Hamptons*, Thane & Prose, 2019.
Michael Immerso, *Coney Island : The People's Playground*, Rutgers University Press, 2002.
Dorothy Ingersoll Zaykowski, *Sag Harbor : The Story of an American Beauty*, Sag Harbor Historical Society, 1991.
Alfred Kazin, *Journals*, Yale University Press, 2011.
David Keller et Steven Lynch, *The Long Island Rail Road* (1925-1975), Arcadia Publishing, 2004.
Bettye Kronstad, *Perfect Day. An Intimate Portrait of Life with Lou Reed*, Jawbone Press, 2016.
Gypsy Rose Lee, G*ypsy : A Memoir*, North Atlantic Books, 1999.
Long Island Country Houses and Their Architects, 1860-1940, ouvrage collectif, W. W. Norton & Company, 1997.
Stephen Longmire, *Keeping Time in Sag Harbor*, Center for American Places, 2007.

Phillip Lopate, *Writing New York : A Literary Anthology*, Library of America, 2008.
Robert Maggio et Earlene O'Hare, *Port Jefferson*, Arcadia Publishing, 2013.
Peter Matthiessen, *Men's Lives : The Surfmen and Baymen of the South Fork*, Random House, 1986.
Jonas Mekas, *I Seem to Live. Volume 1 : The New York Diaries (1950-1969)*, Spector Books, 2019.
Jonas Mekas, *I Seem to Live. Volume 2 : The New York Diaries (1969-2011)*, Spector Books, 2021.
Ken Miller, *The Hamptons : Long Island's East End*, Rizzoli, 1993.
Edmund Morris, *The Rise of Theodore Roosevelt*, Random House, 2010.
Jeremiah Moss, *Vanishing New York : How a Great City Lost Its Soul*, Dey Street Books, 2017.
John Parascandola et Louis J. Parascandola, *A Coney Island Reader. Through Dizzy Gates of Illusion*, Columbia University Press, 2015.
Jack Parlett, *Fire Island : A Century in the Life of an American Paradise*, Hanover Square Press, 2022.
Howard Pollack, *Aaron Copland : The Life and Work of an Uncommon Man*, University of Illinois Press, 2000.
Dan Rattiner, *In the Hamptons*, Crown, 2008.
Everett T. Rattray, *Southfork : The Land and the People of Eastern Long Island*, Pushcart Press, 1989.
Jeannette Edwards Rattray, *Discovering the Past : Writings Relating to the History of the Town of East Hampton*, Newmarket Press, 2002.
Lou Reed, *Do Angels Need Haircuts ? Early Poems*, Anthology Editions, 2018.

Lou Reed, *I'll Be Your Mirror : The Collected Lyrics*. Préface de Martin Scorsese, Faber & Faber, 2019.

Theodore Roosevelt, *The Rough Riders*, Modern Library, 1999.

Philip Schultz, *Failure*, Harcourt, 2007.

Delmore Schwartz, *In Dreams Begin Responsibilities*. Préface de Lou Reed, New Directions, 2012.

Delmore Schwartz, *Letters of Delmore Schwartz*, Ontario Review Press, 1984.

John Steinbeck, *A Life in Letters*, Penguin Books, 1976.

Robin Strong, *Montauk*, Arcadia Publishing, 2015.

Sam Tanenhaus, *Whittaker Chambers : A Biography*, Random House, 1997.

Walt Whitman, *Poetry and Prose*, The Library of America, 1982.

Tennessee Williams, *The Collected Poems*, New Directions, 2002.

Robert Wilson, *Barnum : An American Life*, Simon & Schuster, 2020.

En espagnol

Andrew A. Anderson et Christopher Maurer, *Federico García Lorca en Nueva York y La Habana. Cartas y recuerdos*, Galaxia Gutenberg, 2013.

Federico García Lorca, *Poeta en Nueva York*, Cátedra, 1998.

José Hierro, *Cuaderno de Nueva York*, Nórdica, 2018.

Juan Ramón Jiménez, *Diario de un poeta recién casado*, Cátedra, 2017.

Discographie choisie

Béla Bartók, *Concerto pour piano nº 3*, Martha Argerich (piano), Orchestre Philharmonique de Montréal dirigé par Charles Dutoit, EMI, 2008.

Béla Bartók, *Complete String Quartets*, Quatuor Végh, Music & Arts, 2005.

Béla Bartók, *Sonate pour violon seul*, Yehudi Menuhin, EMI References, 1988.

The Beastie Boys, *Licensed to Ill*, Def Jam, 1986.

Leonard Bernstein, *New York*, Orchestre de St. Luke dirigé par Eric Stern, Nonesuch, 1996.

Leonard Bernstein, *Songfest*, Orchestre symphonique national de Washington dirigé par Leonard Bernstein, DG, 2017.

Paul Bowles, *An American in Paris*, interprètes divers, Koch Schwann, 1995.

Paul Bowles, *Cuatro canciones de García Lorca, Selected Songs*, Brian Staufenbiel (ténor), Irene Hermann (piano), Koch International Classics, 1995.

Paul Bowles, *The Music of Paul Bowles*, Eos Ensemble dirigé par Jonathan Schiffer, BMG Music, 1996.

Aaron Copland, *Copland Conducts Copland*, New Philharmonia Orchestra, CBS Records, 1988.

Aaron Copland, *Quiet City*, New York Philharmonic dirigé par Leonard Bernstein, DG, 1990.

Aaron Copland, *Works for Piano I* et *II*, Nina Tichman, Wergo, 1993-1994.

Woody Guthrie, *The Ultimate Collection*, Not Now Music, 2007.

Thomas Hampson, *To the Soul. Thomas Hampson Sings the Poetry of Walt Whitman*, Craig Rutenberg (piano), EMI, 1997.
Thomas Hampson, *I Hear America Singing*, Wolfram Rieger et Malcom Martineau (piano), Orfeo, 2006.
Libby Holman, *Sings Blues, Ballads and Sin Songs*, Kipepeo, 2016.
Libby Holman, *Moanin' Low*, Take Two Records, 1995.
Libby Holman, *Something to Remember Her By*, Jasmine Records, 2015.
Lou Reed, *Coney Island Baby*, RCA, 1976.
Lou Reed, *New York*, Sire, 1989.
The Ramones, *Rocket to Russia*, 1977.
Ned Rorem, *Songs of Ned Rorem*, Susan Graham (mezzo-soprano), Malcolm Martineau (piano), Erato, 2000.
Elie Siegmeister, *Piano music, vol. 2 (Sunday in Brooklyn*, Sonates n° 2 et n° 3), Kenneth Boulton (piano), Naxos, 2006.
Elie Siegmeister, *Ways of Love, Langston Hughes Songs, Madame to You*, Esther Hinds (soprano) et Alan Mandel (piano), Composer Recordings, 1999.
Tennessee Williams reads Hart Crane, Caedmon Records, 1965.

Filmographie choisie

Darren Aronofsky, *Requiem for a Dream*, 2000.
Raymond Abrashkin, Morris Engel et Ruth Orkin, *Little Fugitive*, 1953.
Tom Barbor-Might, *Velvet Underground : Under Review/Night Games*, 2006.

Michael Caplan, *Algren*, 2014.
Maya Deren, *At Land*, 1944.
James Gray, *We Own the Night* (2007).
Todd Haynes, *The Velvet Underground*, 2021.
Elia Kazan, *A Tree Grows in Brooklyn*, 1945.
Walter Lang, *Coney Island*, 1943.
Sidney Lumet, *A View from the Bridge*, 1962.
Jonas Mekas, *Scenes from the Life of Andy Warhol : Friendships & Intersections,* 1990.
Volker Schlöndorff, *Retour à Montauk*, 2017.

REMERCIEMENTS

Tous mes remerciements à Alice d'Andigné, Miriam Bridenne, Manuel Carcassonne, Augustin et Flavio Antonio Clermont, Chloé Deschamps, Paloma Grossi, Loulia « Kisotchka » Holter, Christine Jordis, Ksénia Lukyanova.

Cet ouvrage a été composé
par PCA
et achevé d'imprimer en mai 2022
par Dupli-Print à Domont (95)
pour le compte des Éditions Stock
21, rue du Montparnasse, 75006 Paris

PAPIER À BASE DE
FIBRES CERTIFIÉES

Stock s'engage pour
l'environnement en réduisant
l'empreinte carbone de ses livres.
Celle de cet exemplaire est de :
850 g éq. CO_2
Rendez-vous sur
www.editions-stock-durable.fr

Imprimé en France

Dépôt légal : septembre 2022
N° d'édition : 01 – N° d'impression : 2022051736
73-51-3066/3